现代职场形象设计

全球化时代职业人士的必修课

YOUR
PROFESSIONAL
IMAGE

徐晶 ⊙著

尹鲁乡 关静 马枞 绘图

中信出版社
CHINA CITIC PRESS

Your Professional Image

全球化时代职业人士的
必修课

> ‖ > > ‖ > > >

现代职场形象设计

> ‖ > > ‖ > > >

目录 *Contents*

第三章

"形"
[012]

分享和谐的身体比例概念，依据自身的体貌特征，塑造得体的职场形象。

分享色彩的基本知识,根据自身肤色特征、出席事由、职场定位及个性,把握色彩选择和搭配的常识。

分享 TPO 原则,使形象符合时间、地点、事由的定位。依据身势学的原理,调整自身非语言符号的表达。凸现个性特色,做合格的遵循国际化时代印象管理规则的职场人。

□　目录 Contents

自 序

我国已进入了全球化时代,和世界接轨、与国际接轨,成为大家经常看到和听到的词汇。如何在中国国情的基础上,学习发达国家的先进经验,使我们国家的发展更加优质、快速,已成为大家关心的首要问题。我在国家电视台二十几年的工作过程中,循序渐进地了解了电视制作规律与电视专业造型之间的关系,了解了电视节目制作是需要掌握科技与艺术完美结合的跨学科专业。同时也由于工作的关系,在和社会各界交流的机会中,了解到许多职业人士目前亟需掌握有关国际化时代职场形象设计方面的知识。他们希望我能够在本专业的基础上延展开来,帮助大家掌握职业形象设计方面的一些基本概念,甚至期望我在这方面作一些研究和普及教育的工作。

近年来,我国优秀的专家、学者、艺术家们进行为了国家的进步,立足自己高深的专业背景,采用通俗易懂的方式为大众进行多项、多类的科普教育,我自己也常常得益于其中。如我非常敬仰的洪韶光先生、冯骥才先生、郑小瑛女士、盛中国先生等大师们,他们在各自的专业领域里都是如日中天的大家,他们的社会责任感和谦和的人生态度一直是我心目中的榜样。我的职业领域和大师们指引人类生命状态的伟大比起来微不足道,但我很想追随大师们的精神,为当今的社会做些什么。

职业形象设计在我国还属于一个新的学科领域,其中涉及到心理学、美学、交流学、人文学方面的专业知识,同时也涵盖着服饰学、色彩学、发型设计、化妆造型设计、身势学、身体保健、化学等领域的内容,属于跨学科综合性的专业。我国目前尚未建立职业形象设计方面的专业教育体系,但是因社会的快速发展而催生的在这方面的需求却是巨大的。我的工作和职业形象设计有着密切的关系,二十几年的工作经历,使我梳理和总结了形象设计方面的一些造型规律,并且利用在国内外出行的机会,了解和学习到国际上有关职业形象设计方面的一些潜在规则,也深入了解了我国各界职业人士的工作特点与现实需求。多年来我在进行本职工作和对广播电视系统作教育培训的工作之余,还和社会各界的朋友们一起分享有关职业形象设计的知识,为政界、企事业以及教育机构作培训讲座,也为此做出了一系列的讲座课件。课件的主要内容是在此书中与大家分享的"职场形象设计"的部分,又在该内容的基础上,细化为有关领导者职业形象设计、新闻发言人形象设计、现代企业家形象设计、现代女性职业形象设计及如何面对媒体等方面的内容。各界朋友表达出的对讲座内容的渴求,促使我动笔将课件内容写作出来和更多的朋友们分享。

在工作之余写书是会给自己增加很大压力的,但是在和大家分享知识的过程中,各界朋友们对讲座内容表现出来的专注、渴求的目光,讲课间互动时大家积极踊跃参与的感觉,课间、课后大家纷纷询问讲座内容有无书籍的急切状态,使我产生了匹夫当关的勇气。把我的专业知识与大家分享,可以使朋友们更加得体、更加自信、更加快乐地在创建和谐社会的进程中工作与生活。人活着是要有一点价值的,做一些于人于己都有益的事情更是快乐的。

目前市面上已出版了不少相近内容的专业书籍,有些书籍对我也有很大的帮助。也有些朋友希望这类书籍文字的量不要过大,尽可能地通俗易懂、图文并茂、简单明了,以满足在快节奏的现实生活中大家的实用性需求。

所以,这本书的写作我想做一些尽可能符合朋友们期望的探索,抓住大家想了解的要点,用简单的文字配简单的图示的方式,在知识性、实用性、观赏性的有机融合方面做些努力,力求让大家认同这本普及读物。只要能够对大家的工作和生活有些帮助,我的分享也就有了快乐的源泉。在此我也要特别感谢担任此书插图工作的三位年轻的朋友,尹鲁乡、关静、马枞。她们在繁忙的工作和学习之余,为本书绘制了大量的插图。这次的插图几乎是她们的处女作,几位年轻的朋友一直非常有韧性的、认真地与我配合,我们都希望通过这些简单的、写实性的图像,让大家可以一目了然地理解文字的内容,丰富自己的想象力。同时我也要衷心感谢此书的版式设计黄政夫妇,他们知性随和,专业的工作心态,使我从中受益匪浅。

最后,衷心希望大家多多与我沟通、交流、探讨,便于今后可以和大家分享更有质量的心得。谢谢大家!

徐 晶

2006 年 11 月 14 日

职业形象的定义

了解学习如何树立良好的职业形象，不仅可以增强自身的竞争实力，同时也是现代社会的需要。

职业形象和形象设计 01

职业形象这个词大家早已不陌生，多年来，由于社会发展的需要，我国的一些专家、学者对职业形象的概念作了精辟的论述。

职业形象 通过衣着打扮、言行举止，反映个性、形象及公众面貌所树立起来的印象。形象设计是在自我思想、追求抱负、个人价值的人生观等方面与社会进行沟通，并为之接受的方法。

真正理解了树立良好的职业形象即可以增加自身竞争实力的概念，对在充满激烈挑战的职业领域中工作的朋友们，具有极大的帮助。传统的心理学理论认为：人与人见面后所产生的好恶，决定于见面的头 7 秒钟。而在现实生活中，由于人们反应速度的增快、信息的发达，对对方的认同感已不再需要 7 秒钟的时间，常常在视线所及的头一二秒钟，就已经产生或优、或良、或劣的判断了。有研究称，1/10 秒就可决定个人在他人心目中的第一印象，科学家认为，当人们看到一位新人时，在100 毫秒后，就会做出关于这个人的吸引力、亲和力、信任度、进取心和能力的看法，科学家还认为，即使再给更多的时间，人们也不会改变自己最初的看法，反而对自己的判断更加自信。这种情况在心理学理论中常被称之为"晕轮效应"。人与外界沟通靠的是自身的五种感觉：视觉、听觉、嗅觉、味觉、触觉，其中视觉占有 80%的比例，眼见为实，是大家进行判断时凭借的主要感觉。

　　我在电视台参与招聘主持人、播音员的工作时，常常习惯在一些实践过程中验证此种理论的准确性。比如在某次招聘的初试现场，我坐的位置直接面对房间大门外的通道，考生一定是我先看到，待进入房间时才被其他考官看到。当我首先看到对方时，内心已对其今天有无希望产生了判断结果，虽然其他考官是待考生进入房间才看到对方，但我们的判断结果绝大部分时候都是一样的。在多次参与招聘工作的过程中，这种情况占有极大的比例。视觉，在最大程度上决定了人们的认同感。职场人士对自己的视觉形象越来越重视的原因也在于此。

专业形象 2 1

发达国家在社会发展的进程中,将职业形象设计总结为"专业"形象,有的国家已上升到印象管理的高度。同样处于全球化时代的我国主管人力资源方面的专业人士,对本单位需要什么样职业水准的人才,也许有以下可借鉴的一些方面。

"专业形象"的定义

1.　一整套本行业的伦理道德与行为准则;
2.　能胜任本行业的工作;
3.　较好的知识体系;
4.　广泛的有效训练。

我对以上作为职业人士素养的基本准则非常认同,同时愿意和大家分享我的理解:

做事先做人　任何一个单位都希望自己的员工首先要做好人,在当今趋于浮躁及物欲高涨的时代,在人力资源管理方面这是首要条件。做不好人也做不好事,做不好人甚至要坏事,有时不但会坏自己的事,还可能会坏大家的事。

能胜任本行业的工作　是做好人的起码条件,也是职场人赖以生存的必要条件。我们可以把做人理解为"敬业",把做事理解为"专业",二者缺一不可。有的职业人士似乎很敬业,早九晚五,甚至经常加班加点地工作,可遗憾的是工作既缺效率又缺成果,甚至还会产生无用功的结果。而有的职业人士似乎十分专业,但是"聪明"和"智慧"之间是有一线之隔的,工作中只会将小聪明用在私利上,个人的事情搞得非常明白,公家的事情得过且过,这种处世方法其实是不明智的。只有带着"利他"的心态做事的人,才能在其中感到"利己"的收获及快乐。

具有较好的知识体系　我的理解为这里指的不完全是本专业的知识范畴,还包括人们对生活方式的选择。在精神压力大、生活节奏快的现代社会,减压才可以更好地工作,减压才可以快乐生活。能否艺术地、智慧地工作,能否艺术地、智慧地生活,选择权全在我们自己。我认为,读书行路是极好的减压方式;将前人呕心沥血的结晶直接拿来,在行路的过程中既养心又养眼,何乐而不为? 文学、戏剧、电影、音乐、舞蹈、美术、建筑七大艺术门类,如果成为了我们生活中的爱好,不见得做到门门精通,只要能够感悟,只要能够喜欢,我们的人生状态就会拥有质量,也会拥有高效及快乐的工作状态。

广泛的有效训练　是解决我国目前"硬件"发展速度很快,而"软件"发展不足的唯一渠道。"硬件"指的是物质的、经济的概念,"软件"指的是人的素质及道德观念。关键是"广泛"及"有效"!中国幅员广阔,只有"广泛"的培训,才能"有效"地提升我国的国民素质。在多次参与各界职场的讲座培训的过程中,我发现只要是优秀的企事业单位,一定是极为重视培训过程的,员工的道德观、工作态度都会表现得十分优秀和进取。

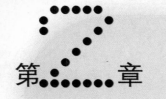

第2章

职业形象的

分类

①1 保守职场

政府公务人员、法律界人士、金融界人士及企事业界的高端管理层，属于强迫性着装管理的范畴。

国际上将在这些职场中就职的人们，定位为保守职场人士，是由于他们在国家及社会中担任着重要职务。保守职场人士的整体形象应表现出权威性、信任度及缜密感。他们的形象既代表着国家的、民族的整体形象，又代表着他们个人的个性特征。保守职场中最严格的要求体现在对军队、公安、海关及税务等部门机构统一着装的管理上，由于这些都属于国家极为重要的职能部门，制服的款式、颜色及帽徽、肩章等部分，都暗示着在其中就职的每一位人士为国家为民族所负的责任。

服饰隶属于哲学体系中的符号学范畴，每位在社会中出现的保守职场人士着

装的得体度,都暗示着个人在社会人的心目中是否留下了一种被认同的符号。"相由心生、相随心生、境由心造",一个人外在服饰的整体表达,是个人内在文化素养的外化及延伸。发达国家中在保守职场就职的人士,周一至周五都穿着正式的职业服装上班,男性一般穿着西服,女性穿着职业套装(重要时段穿着裙式套装,一般时段亦可穿着裤式套装)。某些保守职场在自然主义的影响下,把每周五定为便装日、换装日。员工们不必穿着正式的职业服饰上班,但也不允许穿着过于随便的服饰,周五的便装日是多年来一直被职业人士认为不太容易把握穿着分寸的时候。保守职场人士的服饰要点应表现出简捷、严谨、端庄的风格。我国加入 WTO 以来,许多保守职场的管理层不仅自己身先士卒,还严格要求员工在着装上更加地国际化。目前,职业人士的着装概念已愈加清晰,对职业着装潜规则进一步了解和掌握的愿望也已愈加强烈。

① 创意职场

指文化产业界、各类媒体业界、广告业界、一般的教育界及商业、企事业界。

② 随意职场

属于 SOHO 族、研发人员等职业人士。

非保守职场人士隶属于非强迫性着装管理的范畴，缘于职业定位的原因。在创意职场就职的人士，着装应突显出文化感觉、艺术感觉及创意感觉。一般工作时段中，服饰风格以职业加休闲的状态为主。由于不属于强迫性着装管理的统一范畴，创意职场人士的着装其实更具有挑战性。如何依据自己的职业定位、个性定位、外形条件定位，甚至考虑到季节、出席时间、场合及事由等因素，使自身形象与其和谐，是现代职业人士的必修课。

创意职场人士应准备一两套接近保守职场穿着风格的正式服装，以应对重要场合的需要。一般工作时段中也可以将正式的服饰与其他非正式的服饰互相搭配，比如，男士们可在正式的西服内搭配羊绒衫、针织衫、马球衫等，下装可穿着便西裤、卡其布裤、牛仔裤等。女士可在职业服装内配羊绒质地、莱卡质地、针织面料及真丝面料的内衫，下装也可配牛仔裤、卡其布裤、高腰裤及裙装等。

许多创意职场人士由于生活方式的原因，服饰表达具有准确、和谐的感觉，甚至可以在守规矩的前提下达到出方圆的境界。他们理解，在时尚与职业感觉之间，后者居首位，才会真正具有现代的风格。

我个人认为，人们在形象方面的审美分为几种不同的层次，第一种层次：自我形象属于随意之后的随意状态。这类人一般不考虑形象的概念，我行我素。在竞争时代，由于存在形象的误区可能就会丧失机会，可能得不到社会的认同，甚至会影响到工作单位的整体形象。表现出的是不与时俱进、观念滞后的状态。第二种层次：自我形象属于刻意之后的刻意状态。有些人将着装认为是自己经济能力的表现，非名贵不买,非名牌不穿,盲目地按照时尚刊物中的服饰概念或时装发布会上的服饰信息来装扮自己,不了解发布会和刊物中的服饰仅是一种时尚的引领、预测,不太适合在日常生活中穿着;也不了解时尚的最终命运,只可能被新的时尚来取笑的深刻道理。有的人即使全身频频更换昂贵的名牌服饰,在别人的眼中还是缺乏品位。第三种层次:自我形象属于刻意之后的随意状态。这需要一种很高的精神境界,不论自己先天有无资质,生活中都会勤于学习。这类人很愿意学会生活,他们的审美能力源于生活、师于生活、高于生活。和谐的形象表达是在了解自己的前提下创意出的最佳状态,他们已领悟到做准自己最难、做准自己最快乐的生命最高境界。

随意职场人士在自我形象的把握中,拥有回旋余地最大、变通方式最多的优势。工作性质使其不需要在着装上过多考虑,几乎可以跟着感觉走。但是也不能忽略形象的自我暗示的心理作用,即使自己的职业性质不需要在社会中过多地出现、与他人交流,但舒服、得体的着装,可以让自己满意自己,自己欣赏自己。因为在现实社会中,"男、女为己容"早已是大家一致认同的新理念了。

第 3 章 形

了解和谐的身体比例概念，根据自身体貌特征，塑造得体的职业形象。

　　我理解大家需要" 知其然更知其所以然"。而"授人以鱼，不如授之以渔"。激烈竞争的现代社会中，时间就是效率，朋友们都需要简单、明了、形象、实用的具体指导。下面就把对朋友们有帮助的专业内容梳理出来，方便大家理解、联想，并于工作及生活中实际运用。

生活中,许多朋友对自身的职业形象极为重视,

只要在经济条件许可的情况下,购买服饰已成

为大家生活中的重要投入。不少朋友感觉到衣

橱里的服饰已经越积越多,可是在一些特定场

合来临时,总觉得没有合适的衣服穿。一个流

行的说法是"女人永远缺现在穿的衣服",不少

男性朋友也存在这样的疑问。问题的产生往往

是由于人们盲目购买服装的习惯所造成的,在

购买的当时可能是由于别人的推荐,也可能是

由于自己的偏爱,还可能是一时兴起。越来越多

的服饰让自己在需要时,越来越不能做出正确

的判断和搭配。要做到理智地为自己添置服饰,

方便多种智慧搭配的前提是,必须先了解自身的

体貌特征、工作性质。所谓"得体",就是指需要符

合自身的体态。世界美学的核心理论都谈到:审

美的最高境界即和谐。如果服饰的感觉不适合

自身的特定条件,再时髦的款式、再流行的风格

也坚决不能选择。每位朋友都拥有自己不同的

体态优势和遗憾之处,扬长避短是针对自身的

原始条件而言的。英国一位美学家曾经说过:只

有符合比例的,才是和谐的。人们在选择着装

之前,一定要依据自己身体的条件特征,才可以

达到得体穿着的境界。下面,我们一起来分享判

断自己身材特点的方法。

东西方人种的体态特征及差异 ①1

东西方人种比例差异图

世界上不同人种的身体比例是不一样的,各有其特征。西方人的身材条件是身架好,整体比例偏于修长,会很容易地将服饰的味道展示出来。东方人的皮肤质感及毛发质感,是让西方人一直非常羡慕的。但东方人身体的整体比例感觉不如西方人的条件好,这是由人种基因、地域环境、食物结构、气候条件等因素所决定的。

东方人整体比例的衡量标准 ②1

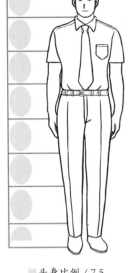

■ 头身比例 / 7.5
■ 头肩比例 / 2.0
■ 头颈比例 / 0.5
■ 上下身比例 / 0.5

① 头身比例

在造型艺术界，对人体的比例衡量是用其头部长度作为判断依据的。西方人全身加起来约有 8 个头长以上，东方人全身的最佳比例可以达到 7.5 个头长。两种不同的比例条件说明，西方人的整体身材感觉是偏于延伸、挺拔的，而东方人的体态是需要强调延伸感的，大家只有在知己知彼的前提条件下，才会对自己的身材条件产生正确的认知结论。我们可以在闲暇时间里，在家里和亲人们互相做一个对自己身材比例条件测量的家庭作业。

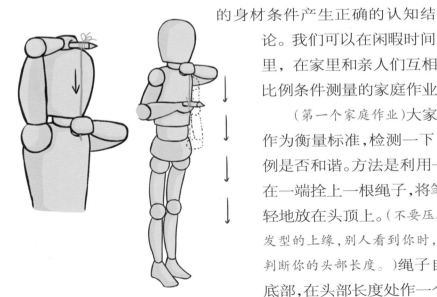

（第一个家庭作业）大家用自己的头部长度作为衡量标准，检测一下自身整体"形"的比例是否和谐。方法是利用一支笔或一把尺子，在一端拴上一根绳子，将笔或尺子水平地、轻轻地放在头顶上。（不要压在头皮上，水平地放在发型的上缘，别人看到你时，是将发型和脸形一起判断你的头部长度。）绳子自然下垂，到达下颏底部，在头部长度处作一个记号或打一个结，这样我们就具有了自己的头部长度标准。向下翻倒式的将等于头长的绳子一直翻倒至脚底,测量一下自己全身共有几个头长(提醒大家千万不要将自己鞋跟的高度算进去)。

如果加上自己的头部长度全身共有 7 个多头长,或能够达到 7.5 个头长,那么拥有这种身体比例的朋友是很幸运的,符合和接近东方人身材的标准比例。平时的着装和发型的选择余地会很大,只要不犯常识上的错误,自我整体风格的塑造都比较容易把握准确。

测量后如全身达不到 7 个头长以上的朋友,说明自身的原始体态属于头大身短型,在塑造自己的整体形象时,就千万不宜选择扩大头部体积的发型,要理解头部显得越大、身体部分就会显得越短的道理。头重脚轻的体态是极缺乏延伸感的,

谁也不希望自己看上去像一个不倒翁。每个人选择的发型,绝不是独立存在的,前提是一定要先观察头身比例的原始条件,世界上许多优秀的发型师都认为,这是考验一个发型师造型观察能力的基本点。

另外,在服饰款式及色彩的选择上一定要注意扬长避短。东方人与西方人相比,体态上的遗憾之处就是缺乏延伸的感觉,所以在着装上一定要避免复杂的款式、繁乱的色彩、过多横线条的装饰等。有的朋友在自己的穿着和发型的选择上,明显地有只注重局部、细部,不注重整体的问题。对好多细节都照顾到了,可是人的整体状态还是繁杂的、无焦点的。东方人的身材特征不能够承载那么多杂乱的装饰,与自己身材的原始条件相配合的服饰和发型,应该表现出简约、清爽、利落的风格。

有的朋友可能有过这样的经历:去商场购买服装时,发现模特身上的服饰都搭配得很和谐、很有味道,可穿在自己身上则远不如在模特身上好看。原因是模特订做时的整体比例都在 9 个头长左右,颀长的身体比例将什么样的服饰都能衬托出来味道。看来商家在这方面也非常懂得视觉形象的原理,也会用专业的手段来增加大家购买的欲望。假如商场里的模特写实地按照一般东方人的身材比例订做,就不会很好地表现出服饰的风格,就不可能吸引大家的眼球,商家也就失去了使顾客产生尝试进而购买服饰的意愿的机会了。

② 头肩比例

　　忽略服饰的肩部和自己整体形象的和谐比例关系，是不少人在选择着装时的误区，标准的肩部比例应该是自己头部长度的2倍。尤其原始条件属于头大身短的体态的朋友，一定要注意肩部与整个身体的和谐度。我们可以用等于自身头部长度的绳子的一端放在肩的外侧向内侧量，看肩的宽度是否可以达到自身的2个头长。

能够达到标准长度的朋友很幸运,通俗的说法就是所谓的"衣服架子"。时装界选择模特时对肩的比例就有严格的要求。肩部达不到 2 个头长的朋友也不要灰心,服饰的款式是可以帮助我们的体态接近和谐的状态的。比如选择带垫肩的上衣款式,泡泡袖风格的服装款式等, 就能帮助修饰我们的肩型。当然,垫肩有大有小、有厚有薄,帮助我们的体态整体看上去舒服的就是合适的。形状都是在比较中产生印象的,建议头部偏大的朋友选择适当加宽肩部的服装,由此来反衬头部,使之和全身的比例接近和谐的状态。

中老年人在服饰选择中尤其要重视肩部的形状,有些朋友的腰腹部比较丰满,穿着窄肩型服装后会显得身体的中部有膨胀感,穿着加宽了肩部的服装后,可以形成身体的 V 字形状态,上宽下窄、衣襟两侧开衩的款式,是中老年朋友的首选。

③ 头颈比例

颈部的长度和形状是一个人整体造型的焦点之处,也是常常不被人重视的部分。不少人平时的着装很少考虑和自己脖颈部分的和谐度,所选择的服饰有时会显得自己的脖子更短,而有的人选择的服饰会使自己的脖颈显得更长。看来,我们最好通过测量来事先了解自己脖颈的原始条件:从下颏至锁骨的距离为颈部长度(锁骨位置即我们脖子下方两条横向骨头的地方),标准的颈部长度,应是自身头部长度的一半,即 0.5 个头长。东方人中颈部偏长的人不太多见,而头部体积略大、身材偏短的人颈部尤为不长。

在东西方美学发展的历史进程中,都十分在意对人体颈部美的表现,如米开朗基罗的雕塑作品《大卫》颈部的有力线条,罗丹雕塑作品中女人颈部的修长、细腻,我国盛唐的女性服饰及日本的和服对女性颈部的衬托表现等等。

假如有些朋友的颈部条件达不到标准比例,可以利用服饰及发型的正确选择,帮助自己在整体感觉上接近和谐。

脖颈偏短粗的朋友,在选择服装的领型时,尽可能选择带有延伸感的款式,窄的 V 领、西服领、香蕉领是最佳选择。而高领、一字领、方领、圆领,都属于颈部比例适中的朋友们选择的款式,脖颈比例不太好的朋友不要轻易选择,因为会让偏短的颈部显得更短。颈部比例良好的朋友虽然选择服装领型的余地很大，但还是要综合地考虑脸形、发型和服装领型之间的协调关系。服饰的扬长避短的作用十分明显，即使喜欢也不要去冒险。

颈部条件不够好的朋友，不适宜选择长发、中长发、大波浪等 A 字形发型。在颈部两旁的发量越多，脖子就会显得越短，我想谁也不希望别人看见自己的头是直接架在肩膀上的。建议选择头部上缘饱满、下部收缩的发型，整体看上去呈 V 字形状，会显得人的状态是向上延伸的。造型艺术常常利用视错觉来扬长避短，A 字形是使头部呈下降趋势的发型，会使人显得脖子和身体是压缩在一起的，而 V 字形则是呈上升趋势的发型。

假如有些朋友的脖子又长又细，我们则建议不选择窄的 V 形领及其他显得过于延伸的领型。试试高领、圆领、一字领、方领等阻断延伸感的款式。设想一下，假如一个人的脸形是偏长的，脖颈是偏长的，领型也是偏长的，看上去，不舒服的感觉是不言而喻的。也有个别的人，头部偏大、脖子

偏短、粗，却硬是选择了蓬松的、卷曲的一头长发，甚至还勇敢地穿着高领的大毛衣，结果头部就像放在肩膀上了一样。

东方人种中长脖颈的人不太多见，反而正好可以利用物以稀为贵的原理，塑造出自己独特的风格来。比如女性朋友可在里面穿着羊绒、莱卡、针织面料的高领衫，外配宽松、飘逸的外套，男性朋友可以在高领衫外穿便西服、灯芯绒西服、苏格兰呢西服或夹克、猎装等便装，这种穿着体现出的感觉实在让人羡慕。

有的朋友头颅偏小，脖颈又偏长，建议选择带有蓬松感觉、在颈部两旁有衬托效果的发型。假设选择了缩小头部体积的发型，比如贴近头皮、简单、利索的，设想一下：显得长长的脖颈、显得过于小小的头部，使人看上去会有摇摇晃晃的、轻飘飘的不稳定感。

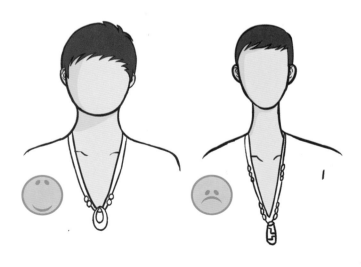

④ 上下身比例

自我测量上下身比例的方法是这样的：用等于自己头部长度绳子的一端，放在耻骨联合处附近（即大腿根部位）向上翻倒式地测量到肩部顶端，记住自己的上身有几个头长。再将绳子的一端放在耻骨联合处，向下翻倒式地测量到脚底，再记住自己的下身有几个头部长度。用下身的头长数字减去上身的头长数字，看看剩余的数字是多少，即是你的上下身的比例了。假如上身有2.5个头长，下身有3.5个头长，这就是穿衣服最好看的比例了，因为下半身比上半身长了1个头长。

而标准的上下身比例是：下半身长度只要比自己的上半身长出0.5个头长（即半个头长）就已经符合标准了。

东西方人种在体态上最大的不同就在于上下身比例的差异，西方人种腿部长的人较多，东方人种在近年来具有这种体态的年轻人也越来越多。上下身比例和谐的朋友在选择服装款式时，自由选择和发挥的余地很大。而上下身比例是等长的体态(或者上半身比下半身长的体态)，在着装选择时就要慎重了，在服饰的款式及色彩方面都要有一些常识性的了解，以免心血来潮选错了服装，将自身的遗憾之处明显张扬，那将会是真正的遗憾了。

有穿着品位的朋友都懂得衣服上下装的分界线十分关键(即上衣的底线)，一般在黄金分割线 1：0.618 的位置。说得概括一些，可以认为是 8：5 的关系，上装 5 分长、下装 8 分长，或者相反(指的是整体着装的大比例)。

上下身比例和谐的朋友在选择服饰时，上长下短、上短下长的款式都极为适合。而比例不尽理想的朋友就不要选择上短下长的款式，那会把自身的

问题暴露无遗。上装越短，越会显示出臀部过低、腿部过短的身材状态。选择服装的色彩时，也建议不要选择上装大面积浅色、下装小面积深色的搭配。例如，穿浅粉色中长上衣，配暗褐色裤装，就是一种上浅下深、上长下短的错误穿法。尤其忌讳下装是七分裤、九分裤、喇叭裤、宽腿裤等款式，还一定要避免下装出现方格、横线条、花饰等图案，这些款式及图案和色彩，只会将下身的比例显得更加纵向压缩和横向膨胀。

男性的西服语言 31

　　人们留给别人的大部分印象,是由覆盖身体面积约 **90%** 的服装所决定的。属于舶来品的西服,在男性世界里早已不分国界,成为了职业服装的首选款式。西服能为你的形象塑造发挥巨大的作用,得体、经典的西服款式可让人觉得你具有重要和恰如其分的背景。尤其在保守职场里工作的男性朋友,不要盲目地追随所谓时尚潮流,上班时的穿着不要像时装圈、演艺圈里工作人士一样。

　　目前,世界各国的职场人士,仍在坚持表达自身属于主流社会的整体状态,传统、经典甚至保守的西服款式一直受到各国人士的欣赏和欢迎。如何根据自身体态准确地选择西服种类?如何进一步掌握西服的穿着常识?是许多男性朋友都关心的话题,下面我们就一起来分享有关西服方面的文化语言。

① 西服款式分类

美式西服的款式特征　　美式西服肩型自然,较为宽松,领型略大,扣位偏低,略有掐腰,后摆单开衩儿。穿着起来十分舒适、随身、自然,是西服中最容易与休闲装搭配的款式,也是最显得有男人气质的西服。近年来,在追求经典、复古风格的影响下,美式西服又成为了时尚的和最合时宜的选择。

　　身材魁梧、高大的男性最能将美式西服的特点表现出来，尤其偏胖男士的选择非美式西服莫属。如果要参加一些重要的社交场合或商务场所，建议不要选择过于宽松、自然的款式。合体的款式会带来更严谨、更有分量的感觉。

　　美式西服以单排的两粒扣款式居多，在需要扣纽扣的时候，只扣上面一颗扣子，下面的不要扣上，这是穿着男式西服的一项潜规则。坐下时最好解开西服扣，否则由于西服剪裁太合体，系上纽扣坐时可能会有勒在身上的感觉。

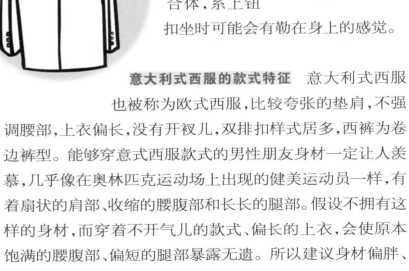

意大利式西服的款式特征　意大利式西服也被称为欧式西服，比较夸张的垫肩，不强调腰部，上衣偏长，没有开衩儿，双排扣样式居多，西裤为卷边裤型。能够穿意式西服款式的男性朋友身材一定让人羡慕，几乎像在奥林匹克运动场上出现的健美运动员一样，有着扇状的肩部、收缩的腰腹部和长长的腿部。假设不拥有这样的身材，而穿着不开气儿的款式、偏长的上衣，会使原本饱满的腰腹部、偏短的腿部暴露无遗。所以建议身材偏胖、

个子偏矮的男性朋友在选择意式西服时一定要慎重考虑。

双排扣西服可以帮助身材过于细长、瘦削的男性显得丰满，但是原本身材就过于丰满的朋友则要尽量避免穿着，以免有大腹便便的感觉。

双排扣西服的扣子数量有四到八粒不等，扣纽扣时，以只扣中间一颗为常见方式。

英式西服的款式特征 剪裁十分包身合体，肩部垫肩明显，领型比例适度简单，腰部收缩，身侧双开衩儿。大家都了解，英国人一般拥有考究、矜持、经典的个性特点，服饰上也一定会带有这样的风格符号。英式西服较适合普通身材条件和精致身材的男性朋友穿着。英式西服的款式一般都带兜盖，明显的兜盖形式会突出腰腹部位，魁梧、高大及腰腹部过于丰满的男性朋友请一定避免选择。精致身材的男性朋友穿着英式西服会显得十分干练、利索。由于款式的剪裁非常包身合体，双开衩儿的款式则是为了便于身体的活动而设计的。

英式西服以高位三粒扣和低位三粒扣款式为多见。几年前在流行风格的影响下，也设计有一些四粒扣的款式，建议头部体积大、脖颈偏短的男性朋友不要穿着这种款式。这是因为扣位位置太高，领带、衬衫的形式和西服领型的形式感都挤在脖子下面，会产生身体上部明显的紧缩感觉，而胸部以下又没有明显的形式感，整体服饰的疏密度会有失衡的感觉。

三粒扣西服在扣纽扣时，可以只扣中间一颗或者上面两颗扣子。西服在扣纽扣时的共同规律是：不要扣上最下面的一颗纽扣。

② 选择西服的细节

标准的西服长度　在自然站立时,将手臂下垂,手掌放松略为弯曲,西服的长度应该正好在手指尖处 (指的是标准身材,特体不在此例)。

和谐的西服袖长度　西服的袖长位置,应该以长及手腕骨的中间部位为宜,手表刚好可以露出一半左右。上臂外侧的袖子应该是平直、无皱纹的状态。购买时一定要穿上后再活动一下手臂,防止由于袖子绷得过紧而影响活动的自由。衬衫袖口可长出西服袖口 0.6 厘米或 1.2 厘米。

西服合体的秘密在于肩部　西服的肩部线条一定要清晰明确,不能倾斜下垂,肩与袖子的接缝处应正好在自己的肩线上。肩部偏窄的身材,可以利用西服垫肩的大小来改善,但一定要选择适度的比例,否则太宽了会很夸张,不像穿着自己的服装。

决定西服面貌的腰部 西服腰部最理想的部位在肚脐稍微偏上一点的地方，腰部如果太高，上身会显得过短；太低，则会显得腿部过短。位置在自己腰部最窄的地方为佳。

得体的西裤款式选择 西裤腰部的裤褶一定是闭合、平整的，裤袋缝口处应呈服帖状态，不可有被撑开的感觉，坐下时不要出现横向的皱褶，否则就说明此西裤是不太合体的，过瘦、过紧。裤脚的前面稍微可以接触到鞋面上，裁剪时裤腿向鞋后跟方向倾斜4厘米可以显得腿部较长。西裤裤管自然垂下，裤线正对中脚趾为标准。

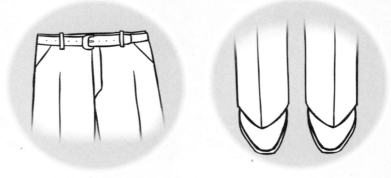

西裤裤型款式分类 西裤款式有卷边裤型和单边裤型两种。身材高大的男性在正式的社交场合可以穿着卷边裤，使人感觉很有气度。一般身高的男性建议选择单边西裤，如果穿着卷边裤型的款式会显得下身比例偏短。

③ 西服的领型

　　"细节决定品质"是大家认同的一个经典概念。在造型领域中,能够以"整"—"细"—"整"的过程来进行设计的造型师是高手。第一个"整",指的是对被造型对象原始条件的正确观察和判断,将对方的身材比例特征、肤色特征、个性特征及职业状态、出席事由等尽收眼底和心底。"细"指的是对其观察后进行细节上的技术处理,扬其长,避其短。第二个"整",指的是将塑造后的形象再作整体的观察,审视一下设计结果是否缘于对方、师于对方进而高于对方。一位优秀的造型师应能兼具全面的观察力、丰富的联想力及到位的实施能力。社会中的人们需要造型师的帮助,都希望设计之后还是自己——还是被挖掘潜质后的、更真实更趋于完善的自己,而不希望被造型师用各种所谓的时尚元素堆砌在自己的身上,变得失去了本我的真实状态。只注重细节处理而忽视整体和谐的造型方式是极不可取的,但同时也并不等于可以丢弃细节的处理,如何适度地把握是对造型师们极大的挑战。

西服款式的焦点在领部　一般分为尖角翻领和缺口翻领两类。我国的服装界习惯将西服领型部位称为驳头:尖角翻领叫做枪驳头,缺口翻领称为平驳头。尖角翻领的款式特征为:驳头与领角之间没有缺口,驳头形状像枪一样斜向上方。传统的枪驳头领型是双排扣西服的专用领型,近年来有许多改良的西服款式,也出现了将枪驳头领型和单排扣西服组合在一起的情况。

尖角翻领

　　穿着尖角翻领款式的西服显得人很有权威性、很精神、很干练,适合在最正式的场合中穿着。如某位男性朋友近来身体状态欠佳,可又必须要出席一些重要的工作场合,建议一定选择枪驳头西服,可以帮助人显得精神抖擞,掩饰倦容和病态。此外,有的男性朋友要应对招聘的考验,而平时的个性过于温和、沉闷,枪驳头款式的西服能帮助你显得自信、干练和更加理性。

缺口翻领的款式特征为驳头与领子的连接线平直,驳头与领角形成约 90°左右的缺口。一直以来平驳头领型属于单排扣西服的专用领型,穿着后显得人可信、稳重。在日常的工作中,外表显得比较年轻、活泼的男性朋友在需要被委以重任时,建议选择这类领型的西服来加强自身的沉稳度。

缺口翻领

在社会的交往过程中,有时由于着装的错误,造成不符合社交礼仪规范的情况时有发生。比如年轻的部下和上级领导一同出行,年轻人穿着枪驳头西服,本身形象又十分精神、干练,上级领导当时穿着平驳头西服,虽然显得权威、稳重,但视线焦点还是容易被抢眼的下属抢走。由于工作职务的不同,在交流活动中,一定要了解你在这个时段属于"第一人状态"还是属于"非第一人状态","第一人状态"指的是在此时的交往环境中职务最高,"非第一人状态"指的是其他下属。选择着装的款式、色彩时,一定要考虑到自己的身份及出席事由,避免出现违背社交礼仪,犯一些常识性的错误。

④ 男式衬衫的选择

选择了得体的西服以后,与之相配的衬衫又是一个重要的话题,服装领子的重要性仅次于面部,很容易成为别人注视的焦点,在向每位见到你的人传递着非常微妙的信息,正确的选择可以明确地表达出个人的审美品位及社会地位。你属于何种脸形、脖颈形状如何?何种款式的领型适合你的自身条件?如何把握对衬衫的选择?

在下面的内容里我们来分享这些常识。

A.你适合哪种衬衫领型？

衬衫的领型款式多种多样,适合公务场所的款式以下面介绍的四种领型为主:

尖领型 尖领型衬衫两边的领尖部位靠得较近,领部呈尖形,向下延伸。适合脸形较宽、脖颈较短的男士穿着。衬衫裁剪有高领口与低领口之分,脖颈条件不理想的男士请挑选低领口衬衫,以免显得脖子是缩在肩膀上的。尖领衬衫适合搭配较正式的公务西服和双排扣西服,这在世界上被公认为是高雅、经典的化身。

方领型 方领型衬衫两边领子的尖端部分分得很开(国内俗称"八字领"),领部呈方形,几乎横向分开。适合脸形偏窄的男士穿着,有帮助脸形显得饱满的作用。方领型衬衫适合与传统式西服、非成套式西服及讲究的便装(不打领带)搭配,属于在一般情况下穿着的衬衫。

标准领型 标准领型衬衫的领子是将尖领型和方领型的款式特点揉合在一起,既不太方,也不很尖,适合穿着的人群很宽泛,对于没有过多时间和精力挑选服饰的人士来说是最方便的选择。标准领衬衫在公务场所及社交场所中比较常见,适合与公务西服、非成套式西服及考究的便装搭配,属于能上能下、在多种场合可以穿着的衬衫。

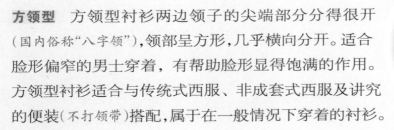

扣领型 扣领型衬衫的领角部位上有扣眼，领子形状偏大，接近尖领型的样式,西方称做"办公室衬衫"。可以打领带穿着(一定要系好领角扣),也可以不打领带穿着。扣领衬衫不适合在最正式的社交场合中穿着，在一般的职业时段、半职业半休闲时段、休闲时段中,适合与职业西服、非成套式西服、夹克等便装搭配。春秋季节穿在毛衣、毛背心里面,或内配圆领、高领、V 领短袖针织衫作为外衣穿着,会显得人十分潇洒、倜傥。

B.男式衬衫细节的选择：

合适的领部选择 脸形偏大的朋友建议选择大领型,脸形偏小则可选择小领型,否则会造成令人遗憾的反差。要注意领部的松紧度,衬衫领子必须贴近喉头,又要使喉头感觉舒服。有说法认为可以插进一两只指头为宜。其实,只要自己认为活动自如,又不过于宽松就正合适。为了体现出职业感觉,在正式场合一定要穿着硬领衬衣,软领衬衫适合在休闲时段穿着。

合适的衬衫身体部分选择 当双臂自然下垂时,身上的衬衫应该既平整又松弛,如果胸部出现皱褶,说明衬衫太肥,应另外选择合适的型号。

合适的衬衫袖型选择 袖长应在手腕骨偏下一点的位置，比西服袖口要长出一些,测量时双臂要自然下垂。袖口最好不松不紧,职业衬衫的袖口应选择袖衩上带钮扣的款式。

合适的衬衫面料选择 以纯棉平纹高支纱及棉涤混纺高支纱为衬衫面料的首选。而纯棉斜纹织物、牛津布、粗纹理面料、绒质织物属于休闲衬衫的面料,应尽量避免在正式的商务场合穿着。

⑤ 领带常识

领带是全套西服中最重要的组成部分,是引起人们注意的中心焦点,领带和领子一样,它们的重要性仅次于一个人的面部。领带结的打法是否正确? 样式、长度、图案的选择是否与出席事由及自身感觉和谐? 自己选择的领带留给别人的综合印象,能够像男人的签名一样揭示出他的性格和习惯,所以领带的风格也有称为"男人的第一张名片"的说法。

A.领带结的选择

单领结　单领结打出来的形状是偏于窄长的三角形。保守职场中从事法律、金融、保险等工作的人士适合选择这种打法,会表现

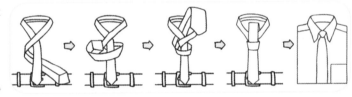

出严谨、缜密、有条理及可信任的感觉。也可帮助延长男士的脸形和脖颈线条。

使用单领结打法的领带,图案一般要选择简洁、单色、暗色的,带有明显修饰性图案的领带不适合打单领结。单领结的打法比较配合扣领型衬衫、尖领型衬衫。不能配合方领型衬衫、大领型衬衫,否则整体比例上会有失调的感觉。

双领结　需要打领带工作的男士一定都会双领结的打法,双领结打得漂亮,呈现出的是不松不紧、饱满的等边三角形形状。在

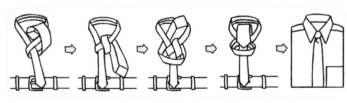

打领带时,紧挨着领带结下面的领带位置要压出一个小凹来,专业人士叫做"微凹",这个地方的细节处理,能表现出男士的修养和经典风格。

双领结打法的领带图案有很宽泛的选择余地：单色、斜条纹、圆点、花饰、几何图形等都可以。但首先应依据自己的职业特点、个性特点、外形特点及出席事由做出准确的选择。双领结打法的领带不宜和方领型衬衫作搭配，除此，与其他衬衫款式都可以互相配搭。

温莎结　温莎式领带结打出来的形状偏大，打法也较复杂，几乎是绕两圈半，最好选择较薄质地面料的领带来打这种结。

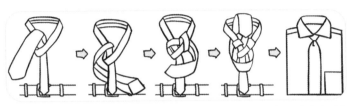

温莎式领带结要配合大一些的标准领衬衫、方领型衬衫。适宜打这种领结的男士最好具备两种条件：第一是身材伟岸，第二是气度不凡。假如仅是身材伟岸而气度一般，或者气度不凡而身材不太伟岸，建议不选择这种打法。温莎结一定要以优雅、经典的气质及健硕的体态作为选择前提。

B.领带与身体的比例关系

长度至皮带扣中间是打领带的潜规则，不同男士要根据自己的具体身高条件打出比例和谐的位置。身材高大的男士可以打得长些，领带尖在皮带扣下方的位置，身材不够高大的男士建议打在皮带扣上方，以免有看上去不太均衡的感觉。

领带在销售时有长的、宽的款式和短的、窄的款式，购买时可以向销售人员求教，在确定款式是否适合自己身体条件的前提

下,再来考虑质地、图案等其他方面的需求。

C.领带材料的选择

　　适合做领带的材料有：丝绸、混纺交织物、羊毛、棉布、亚麻及人造纤维等。

不论是印花的还是纺织提花的,丝绸永远是制作高档领带最适宜的材料,一条纯丝绸的领带不但实用功能最多,还可以常年系戴。

混纺交织物领带　一些色彩和样式尚佳的领带是用真丝与复合材料混纺的面料制作的,也有的用羊毛和复合材料混纺的面料。这种面料经久耐用,在购买时要慎重选择,以看上去自然、舒服为原则。

羊毛领带　有品位的男士喜欢它柔软的质地和有弹性的感觉,简洁、和谐的羊毛领带是经典、知性男人冬季的首选。

棉布、亚麻、人造纤维领带　这些面料的质地适合休闲时段佩戴的领带,深受注重时尚感觉的男士们喜爱,可以充分表达自己独特的风格及个性。在保守职场里工作的男性如果很喜欢这些质地的领带,建议在工作之余的时段里佩戴。

D.选择领带图案

纯色图案领带　这是最具搭配功能的领带,可以配多种颜色的西服和衬衫,是许多男士在商务场合中的首选。以暗色调、浊色调的色彩为多。尤其以深蓝颜色的提花丝绸领带为不事张扬、保守传统人士的经典选择。

条纹图案领带 也称为军团式领带。系戴后使人产生严谨、缜密和有条理的感觉。条纹图案的间隔、宽窄要以身材条件作为依据，身材高大健壮者可选择宽条纹、中等条纹。一般身材和矮小身材者适合佩戴偏细、窄的条纹图案。

圆点图案领带 这种图案的运用场合也很多，性格温和、儒雅的男士十分适宜佩戴。偏小的圆点图案配经典的西服，在商务场所、半正式社交场所或休闲场所内都很适合。不建议选择过大的圆点图案，系戴后会产生张扬和奇怪的感觉。

花饰图案领带 花饰图案领带多在半正式社交场合、休闲场合里出现，体育节目主持人、时尚界人士常常会选择有独特风格的花饰图案领带来张扬自己的个性。挑选花饰图案是对男士们审美品位的一大挑战。有一些花饰图案领带上有专门的花纹、徽章、盾牌等等，属于俱乐部领带的范畴，是高档的休闲活动场所或上等阶层团体的符号，这些领带不适合在上班的时间里佩戴。如果能挑选到柔和、保守的螺旋状花饰图案领带，是可以为经典的西服添加魅力的，这种花纹是在表达时尚和随意的感觉，但不适合在正式的商务场所中使用。

方格图案领带 方格图案领带大都是在休闲时段为了表现轻松、随意的感觉时佩戴的，不适合在正式场合里出现。

世界上还有一些名牌大学联合会有自己的专有领带风格，常常在商务活动、半正式及非正式活动中系戴，有时可以为联络感情、增加交流效果带来机会。

E.领带的护理

下班回家后，一定要将领带结松开。有的朋友为了方便，不解开领结，想第二天从头上再套下去，这样的话，这条领带使用不久就会变形，很快就会被淘汰，会造成不必要的浪费。

建议不要熨烫和水洗领带，这种做法只能毁掉一条好端端的领带，领带的尖部用熨斗烫出锋利的尖角，看上去会让人感觉很奇怪。可以将戴过的领带卷起来放上一夜，第二天就会平整。还可以在有水蒸气的浴室里放一会儿，褶皱就会消失。水洗的领带会留下难看的水渍，领带的衬里也会起皱。建议还是在专业的干洗店里保养自己心爱的领带，或者让你幸运拥有的具有领带养护知识的另一半帮你打理。

领带的正确存放方法应该是平放，而不是挂起来。可以一条条地卷起来放置，也可以平放在较宽大的抽屉里面。长期挂在领带架上，或长期地挂在西服里面，都会有被横杠和领钩压出来的皱褶，这种悬挂方式虽然很普遍，但效果并不好。

⑥ 穿着西服时的其他建议

■ 衬衣领部要高于西服领部大
约 1.5 厘米左右，衬衣袖部也要
长于西服袖部 1.5 厘米左右。原
因其实很简单：衬衣好洗，西服
不容易清洗，更关键的是这样穿
着好看。

■ 西服的外面口袋里最好不要装东西，上面的口袋也
不要插笔。西服的内袋是可以用来放物品的，当然也不要
放体积过大的物品。

■ 不建议两天中穿同一套西服，换下来的西服要挂在
木制西服衣架上，以利恢复形状。不要用简单的塑料衣
架、铁丝衣架悬挂西服，那会毁坏一件款式极棒的西服的形状。

■ 男士们在穿着西服内穿衬衫系领带时，请注意衬衫领部一定为闭合状
态，否则会给人留下不正式的感觉。

■ 西裤的口袋里尽量不放
物品，起码不放体积偏大的
物品。穿着西裤时请一定配
西式皮带，皮带颜色以黑色
为主，皮带扣以简洁的、金属

色的为首选。浅色、帆布质地、复杂的皮带扣等样式的皮带是在配半休闲、全休闲服饰时使用的。

■ 上班时,最好每天换一件熨烫过的衬衫,忌讳穿着短袖衬衫打领带。在办公室里不见上级、不见客户时可以不穿西服外套,但只要打领带就一定穿长袖衬衫。有些国家为了节约能源,倡导在夏季穿着不打领带的上班服装,将传统服装作了修改,体现出既有职业风格又有凉爽效果的感觉。我国服装设计专业的人士们,也可以在实用性的服装设计方面多做些努力。

■ 成套穿着西服时,要选择中长款的西服袜,袜子长度至小腿的中部,以免坐着翘起腿时,露出腿部皮肤使人感觉不雅。袜子颜色尽量以深色为主,接近西裤的颜色为最方便的选择,比如深灰蓝、暗炭灰、灰栗色、黑色等。不宜穿短统、浅色的袜子配西服,尤其不要将白色的短统袜套在棉毛裤外穿在西裤里面。

■ 穿着西服上班的男士需要准备两到三双皮鞋,两双黑色、一双深栗色。黑色系带皮鞋是在配西服时最多用的,黑色代表着一种权威性和分量感,系带款式表达出的信息也十分微妙,会使人觉得你是一个可靠的人士。带盖的厚底皮鞋、底边有缝线的式样的鞋子,男士们在一般的上班时间都可以穿着。但是要避免穿着镂空的、带流苏款式的皮鞋在正式的职业场合中出现,因为这些鞋的款式是为休闲时段设计的。带有极亮光泽的、薄皮底的黑色漆皮鞋,是为参加舞会或搭配晚礼服准备的,也最好不在职业场合中穿着。不要在两天里穿同一双皮鞋,每天换一双穿是为了防止鞋子变形,应该给皮鞋一段恢复形状的时间。考究的男士还会在鞋里塞进木制鞋楦,可以更加有利地防止皮鞋变形,延长皮鞋的穿着寿命。

非保守职场男士着装

有些男性朋友认为,上帝一直青睐女士们,她们服装的款式、色彩可选择的余地都很大,而男士们选择服装样式的余地却很小,甚至还很单调、刻板。其实包括西服在内,男性只要智慧地依据自身的职业特点、个性特点、外形特点,掌握选择服饰的一般常识和搭配感觉,同样可以表达出与众不同的独特风范。

① 西服与休闲服饰的组合

对于在非保守职场工作的男士来说,西服是可以和休闲服饰做出极有风格的搭配的。不同风格的和谐服饰组合既可表现职业风范,也可使自己独具男性的魅力。比如在寒冷的季节里,在西服外面可以套上 TC 材料做面、细方格绒做内里的夹大衣。也可选择西方称为马球外套的羊毛大衣,这种大衣是双排扣、腰部有带子的款式,年轻男士穿上既时尚又带些复古的味道。此外还可根据自己身材的比例条件,在西服外穿中长款、长款的风衣,穿着时将风衣的

领子后部竖起来，看上去会有帅帅的感觉。在半正式场合、非正式场合中出现时，西服外都可以套穿大衣，只是进到屋内要先挂起来，不适合在室内还继续穿着。在西服里面配高领的羊绒衫、圆领衫、针织衫时，最好不要系西服的扣子，敞开穿会显得很潇洒、倜傥。也可以在便西服里面穿 V 领的套头毛衣、毛背心，里面穿扣领的纯棉衬衫、牛津纺衬衫。下装选择卡其布、牛仔布、法兰绒的裤装作搭配，这种穿着方式也一定要敞开西服，需要系西服扣的正式穿着不适合做这样的搭配。

② 夹克和其他服饰的组合

西方人所说的夹克不见得都是有拉链和收紧下端的款式，直下款式，宽肩窄下摆中长款式，有斜插兜、平兜或带盖兜等口袋型的外衣，都属于夹克的范畴。在非保守职场中工作的男士们，可以尝试将夹克与各类服饰做组合：夹克内配马球衫是体现男士干练、帅气风格的最佳组合，（针织衫带有翻领，领下有 2~3

粒扣子的款式称马球衫,分长短袖款式,长袖款式的马球衫比短袖款式的看上去会更正式一些。)或者在夹克里面穿羊绒、纯棉针织的高领衫、圆领衫、V领衫。下装穿着牛仔裤、卡其布裤,配上厚底、缝线、磨砂质地的鞋或高档胶底帆布鞋,男性朋友的活力、简约风格在这些服饰组合中会得到极大的发挥。

③ 带风帽夹克、短大衣和其他服饰的组合

年轻男士可用带风帽的夹克或短大衣的款式搭配上面提到的长、短袖的高领、圆领、V领T恤衫、马球衫、羊绒衫等服装。下装可选择粗条灯芯绒裤、法兰绒裤、卡其布裤或牛仔裤作为搭配。脚上可穿磨砂、厚底系带鞋,运动鞋,帆布鞋,甚至可以光脚穿皮制的漫步鞋。这样的组合一定会将年轻人阳光、朝气、健康、帅气的精神状态张扬出来。

女性的职业服饰及发型 51

在职业领域中，女性朋友有时会有这样的认识误区，即把职业服装和时装混为一谈，常常会把自己喜欢的、带有时尚风格的时装穿到工作场所中来，而且自我感觉十分良好。服装艺术家伊夫·圣洛朗有一句经典的话："流行会消失，风格永垂不朽"。有这种穿着习惯的女性朋友想过吗？在自己的生命过程中穿着职业服装的时间并不长，风格独特、样式及色彩准确的职业服装并不是呆板、沉闷的代名词，而是能够最好地突现智慧女性内在文化涵养和职业风范的服饰。

女性朋友需要依据自己的工作性质、职务高低、个性特征、身材条件、肤色特征等综合因素，找准自己的形象定位。在这方面已经做到让大家认同、效仿，自己也感觉舒服的朋友，一定属于智慧、典雅女性的范畴。

① 保守职场女性服饰

在发达国家工作的大多数职业女性,每一年购买服装的费用不会超过自己年收入的 5%。原因是她们对自己职业场所定位所需的服装款式、色彩以及可能出席的场合具有明确的概念。她们衣橱里服装的件数可能不太多,但是由于选择得准确,非常方便组合搭配,再加上每个人在进行服饰方面的资金投入时十分理智,所以不需要将过多的费用浪费在服饰的购买上。今天,我国的职业女性选择服饰的能力已逐渐加强,但有些女性在服饰购买的资金投入上还是大大地超出了许多。这方面我们还应该与时俱进地向发达国家中智慧的女性朋友学习,在知己知彼的前提下,智慧地提升自我形象的塑造能力。

A.需备的职业套装

保守职场的职业女性的衣橱里,至少要准备三套正式的套装,每套套装的下装分别是裙装和裤装各一件或两件(下装比较容易磨损)。色彩以黑色、深蓝色、灰蓝色、中灰色、驼褐色等容易相互搭配,具有权威性、信任度的沉稳颜色为主。其他适合在庆典时段穿着的暗酒红、大红、樱红、灰珊瑚红等色彩的服装不要计算在三套职业服装之中。在最正式的工作状态中,一定要穿全身同色

的裙套装出席,裙套装比裤套装显得更为正式。其余的工作时间里,可以将上下装的颜色错开来穿,也可以穿裤套装上班。建议三套套装都选择四季通用的面料。除此之外还要备有适合夏季气候的用轻薄面料制作的短袖套装,适合冬季穿着的具有保暖效果的薄呢、法兰绒套装等。

人们在工作中都愿意和穿着具有职业风范的人打交道,因为首先要判断对方是否具有职业感和可靠性。非职业化的穿着会显示出对自己和对工作单位的不尊重。即使有个别女性朋友觉得时髦很重要,我们还是建议在工作时间段以外去表现自己的爱好,所有保守职场的管理者都希望同事及下属的着装是经得起社会各界认同的。

B.需备的衬衫

在衣橱里可以为职业套装准备方便搭配的服装:在一周内不会重复穿着的衬衫。其中一定要有两三件纯棉的白色衬衫,其中一两件样式保守、质地考究,另一件的款式可以有一些时尚感觉。其他适合自己肤色的素色衬衫、条纹图案衬衫、圆点图案衬衫、格子图案衬衫、花纹图案衬衫等,根据自己的喜好选择。面料除纯棉外,还可以选择丝绸类、混纺类的质地,保守样式的衬衫搭配最正式的职业正装,其他款式、色彩、图案的衬衫可在平常时段选择穿着。

根据自身的脸形、脖颈形状选择衬衫领型,对于职业女

性也是一个重要的话题。假如属于圆脸形、宽脸形、短脖颈条件的女士,请选择尖领型衬衫、小西服领型衬衫及其他带有向下延伸感觉的衬衫款式。总之,两边的领角不要横向打开,而是向下垂的款式。这类体态不适合在颈部堆积重叠的衣领,外衣选择有领或无领、低扣位(一粒扣、两粒扣)的款式,最好是外衣有领、内衣无领,或者是外衣无领、内衣有领的搭配方式。长脸形、长脖颈型的女性朋友可选择横向扩开的方领型、方圆领型的衬衫款式或立领的衬衫款式,使脸形和脖颈型不会产生过于延长的感觉。

在春秋冬的工作时段里,在职业套装里面搭配高领、低圆领、V领的薄羊绒衫、针织衫,是既保暖又有品味的选择。但是在外衣里面不要让别人看见层层叠叠的各种领子,比如毛衣领和棉毛衫领都被别人看到就不太好了。夏季可以在职业服装里面配卡肩、吊带、背心式内衣,样式简洁、利索,以丝绸、纯棉针织的面料为佳。夏季,上班时里面穿的内衣在上班时最好不要有蕾丝、皱褶等明显的装饰性,避免有内衣外穿的感觉。职业场合中工作的女性,一定要避免穿着带有性感暗示的服装,尤其在夏季,服装的领口不要低于从腋下向胸部拉过来的水平线。

C.职业鞋、包等

　　搭配职业服装时,鞋的样式也很重要,在女性的衣橱里,至少要准备两到三双浅口皮鞋,方便轮换穿着而不会变形。以中跟鞋、坡跟鞋、平跟鞋为首选,可依自己的身材高度和喜好来选择款式。上班穿的鞋,鞋跟不要过细、过高,鞋跟越粗,对人的支撑力就越大,对女性的腿部、脚部位置的保护就越好。细高跟皮鞋是适合在晚礼服时段或其他休闲时段选择的,在上班时段穿是不太明智的选择。鞋子颜色以黑色、暗灰蓝色、深棕褐色、暗灰驼色为佳,这些是最能方便地搭配正式服装、半正式服装的颜色。

　　出现在最正式社交场所中的女性一定要穿长筒丝袜,还建议在包里再预备一双以备不时之需。袜子的颜色尽量和腿部肤色相近似。希望腿部看上去苗条些的女士,可以选择比自己肤色略深的颜色。建议腿部较粗的女性朋友最好不穿黑色丝袜,穿上黑色丝袜后会使腿部细的部位显得更细,粗的部位显得更粗,反而起不到扬长避短的作用了。白色、花色、带网眼和其他鲜艳色彩的丝袜,千万不能在职业场所中出现,这是极不理智的选择,会让见到你的人感觉十分奇怪。

　　上班用的提包款式要与每位女士的身材和谐。身材比较高大的女士,不适合选择精致、小巧款式的工作包,可能会反衬出自己身材的过于"雄壮"。反之,身材小巧玲珑的女士,也不能背和提过于大、过于笨重的包,避免让自己显得像报童一样。提包的款式可以依每个人的兴趣、个性和需要挑选,如双把手提袋、单把手提袋、肩挎包、前翻面肩包等,有些款式是用上等的帆布质地、镶有皮边的大肩包,是世界上知性、优雅女士的最爱。

② 非保守职场女性服饰

在非保守职场中工作的女士,常常由于自己属于非强迫性着装管理的范畴,工作时的穿着上可能会出现更多的失误。在有的单位里看到,某些女士的打扮像刚从舞会中回来,有的像刚度假回来。也有的女性穿着的服饰显得过于传统、保守、缺乏想象力,如果恰好在创意职场中工作,自身的形象可能就是一个反面广告。其实,看似好像选择余地大的非保守职场,在穿衣的学问上更具挑战性。保守职场的服装款式可选择的范围相对小,存在着大家心知肚明的一些潜规则,只要不去异想天开,一般都会遵循规则来穿着的。

非保守职场的女士在服饰表达中最好以体现职业感觉—创意感觉—个性感觉—时尚感觉为顺序,使其符合自己具体的职业定位。比如院校中的音乐教师和演艺界的歌手的穿着就会有区别, 在 IT 界做动漫创作的设计者和电视台记者的穿着也会不同。自我设计的概念是:职业定位—个性定位—外形条件定位,这些定位的顺序几乎适合社会各界职场的所有人士。

A.职业加休闲感觉的服饰

在非保守职场工作的女性的衣橱中, 至少要准备一到两套正式的职业服装,以便在重要的社交场合和工作中穿着。也至少准备两三件高档的纯棉白色衬衫,这是属于万能配的服装。可以和职业套装搭配,也可以和牛仔裤搭配,还可以和便装外衣、夹克衫、毛衣外套、带帽衫、毛背心、小马甲等许多服饰做组合。纯棉高档的白色衬衫搭配牛仔裤、卡其布裤,再系上小布巾、小丝巾,会体现出

清朗、俊逸的女性感觉。

　　在运动外套、带风帽和不带风帽的针织
夹克衫、卡其布夹克、亚麻便西服、薄呢
外衣、法兰绒外套的里面可以搭配圆领、
V 领、高领的针织衫、马球衫、T 恤衫、羊绒衫等多种类的服装。
也可以在毛衣外套、毛背心、小马甲里面配穿绸质衬衫、纯棉
衬衫。下装除了可配卡其布裤、牛仔裤、法兰绒裤以外，及脚踝
的长裙(纯棉、麻质、皱棉、绸料、人造棉等)、中长裙、短裙、裙裤、背
带裙(纯棉、卡其布、呢料、牛仔布、TC 面料)，都可以和上面提到的
所有上装搭配。关键是搭配后是否符合自己的个人风格。大家
都认同"做自己难，做准确的自己更难"的说法。有些女士对自

己的特色不甚了解,常常把自己的优点当做缺点,也有的则将自己的缺点认作是优点。在女性世界里,那些优雅、自信、会生活的女士之所以被人首肯,原因就是在全面了解自己之长和自己之短的前提下,找准了自我的感觉。

我国一位非常成功的商界男士把现代的职业女性分为了三类;一流的是懂得生活、会享受生活过程的女性,二流的是美丽的女性,三流的是非常成功、干得非常辛苦的女性。我觉得这位男士的看法很有些道理。女性朋友们不知想过没有? 在历史的长河中,个人的生命过程只是短短的一个瞬间,能否用活在当下的心态,珍惜自己的生命价值和存在,是每个现代女性都要思考的问题。自己只是唯一的一个,做自己,喜欢自己,做准确的自己,才会最快乐!

B.需备的饰品

在家里准备一些佩饰, 可以帮助女性朋友在不同场合中的搭配更具魅力。比如围巾的实用性和装饰性就很强,几乎与男士的领带一样会成为人们注视的焦点。大方形、长方形、小方形、细长型等等款式的围巾, 只要运用得当,都会给女性增加奇妙的魅力。

围巾 正方形围巾分为大的正方形、小的正方形两种。大的正方形围巾的面料以羊绒、羊毛、丝绸为主,具有保暖和装饰的使用效果。高档的大方丝巾在整理后会产生丝巾褶,适合与优美华贵的装束相配,比如在正式的社交场所中搭配晚礼服。可以搭在臂上、围在肩上,甚至可以系在腰上,只要方法得当,都会给自己添加风采。小的正方形围巾以丝绸、纯棉的面料为主,

装饰性及实用性极好,日常上班时围在脖颈上的多用丝绸小方巾,围巾角可以在侧面、正面和后面,以自己的体形条件和气质来选择系法。参加运动或旅行时,在头上系条棉织小方巾,可以防止汗水流到面部,保护头发不被晒坏,还可以让自己有种酷酷的感觉。

　　长方形围巾的材质很丰富。有适合搭配高档服饰的真丝、羊绒围巾。将真丝围巾做巧妙的斜角折叠、扇状折叠后都可以简单地系出颇具风格的围巾结。羊绒、羊毛围巾在冬季除了保暖的需要围在脖颈处外,还可以在不太冷的时候搭配敞开穿的大衣,方法是把长围巾放在大衣领下,使围巾的两端长长地垂下来,随着走路的动势,留下一路亮丽的风景。

　　窄长围巾的材质也十分丰富:有皱丝绸质地、亚麻质地、粗毛线质地、棉线质地、棉麻线质地、丝毛混织质地等等,几乎都是在休闲时段使用的围巾。有的在款式上还做了精心的设计,比如围巾两端呈尖尖的形状、荷叶边的形状、花瓣的形状等等,这些款式是可爱型的年轻女性喜欢的样式。

腰带　职业女性还可以为正式的服装准备一两条腰带,质地一定是正式的皮质感觉的。以黑色、深蓝色、暗棕褐色的颜色为佳,皮带扣的样式以简洁、精致的金属色为宜。腰部感觉较粗的女士最好不使用腰带,当腰带已经成为腰部的视觉焦点时,体态的遗憾之处就会暴露无遗了。实在需要时,请选择无反光、无修饰图案的简约款

式。和休闲服饰相配时,可以选择颜色和服饰形成呼应关系的
腰带,材质可选皮质、帆布质地、麂皮质地,甚至金属质地的。视
出席的场合及服饰的款式、质地来决定腰带的样式。

包 具有搭配能力的女性,会十分注重服饰间的呼应关系,在身上的服装
及饰物中至少要有几处是同颜色、同质地的,看上去会有整体感
和设计感,很具独特的个人风格。最经典的搭配为:包、鞋、腰带、
表带是几个呼应的关键点。即使不能做到四个部分的呼应,至少也
要追求达到两个地方的相似,比如包和鞋最好是同颜色同质地,
配不到完全相同款式的时候,可以配同一色系或相近色系及款
式的。在非保守职场中工作的女性朋友,可以准备多种质地
及款式的包:皮质、帆布质地、牛津布质地、TC 面料质地、棉
麻质地,甚至草编质地等。可选择单肩背包、双肩背包、手
提包、腰包、手袋等样式,以配合出席不同的场合时使用。

其他饰物 女性朋友们根据自己的出席事由、个性及外形条件,
准备一些饰物也是必要的,可以画龙点睛地为自己增加魅力、突显
品位和风格。胸针、领针、项链、耳环、手镯、围巾别针等都可以准
备,甚至包括腰带扣、金属的纽扣也属饰物的类别,但不能同
时佩戴在身上。佩戴过多的饰物在身上会有炫耀、杂乱和
俗气的感觉,一般两到三件即可,切记"少就是多,少
就是妙"的经典概念。我国的女性朋友不常尝试的
耳环配手镯的方式,值得向身材高挑、手臂
偏长的女士推荐,佩戴有一点异国情调的银质耳
环、手镯,是创意职场女士突显自我品位的修饰焦点。

③ 穿着得体的服装款式

　　大家常常会脱口说出"得体"这个词汇,但何谓"得体"? 我们在挑选服饰时,更多的是在选价格、选时尚感觉? 还是考虑到非自己莫属的感觉? 喜欢的服饰样式适合自己的职业吗? 适合自己的个性吗? 适合自己的外形条件吗? 适合自己常常出席的场合吗? 在决定购买一件服装前我们最好先理智地思考以上问题,要不然可能衣橱里又添加了一件利用率低的堆积品。"得体"指的不仅是符合自己身材条件,还和自己的其他因素都有关系。能够综合判断、和谐体现的女性,是让大家看上去舒服、自己对自己也满意的优雅、智慧的女性。

　　在这部分的内容里,我们从服饰的整体感觉到细节选择方面,和大家分享了一些基本常识。希望能够帮助女性朋友们提升选择准服饰时的判断力,使大家衣橱内的服饰更加实用、得体、容易搭配。一些优雅、智慧的女性朋友的衣橱里,服饰的件数并不很多,但搭配的方式十分自由。往往在一周内见到她时,每天穿着的服装都在变化,但绝不是每天都在穿一整套完全不一样的服装,经常让我们看到在她的服装的搭配中'你中有我,我中有你',比如这件前天穿过的外衣里面,配的是另一件衬衫,下装也是大前天穿过的,这三件服装配在一起,又有了一种新的味道。与众不同的个人风格是来自于刻意之后的随意状态,精心设计、艺术搭配,表现出好似漫不经心的自我状态,这该是体悟到审美的最高境界了。

A. 上衣的款式种类

　　不论从事何种职业,女性穿着的上衣,起着决定身上其他服饰的印象好坏的重要作用。大千世界里"千人千面、千人千体",不同人的体态适应的上衣款式也不尽相同。以模仿他人、追求时髦为穿着原则的人,身上的服饰穿得往往不得体,虽然不见得到了"东施效颦"的地步,但肯定没有自己的独特风格。女性选择服饰一定要有自己的主见，牢记"是你在穿衣服，而不是衣服在穿你"。这句话对于习惯将服饰和自身条件分离开来的女士是个提醒，假如听到有人夸你今天穿的衣服好漂亮时，千万不要盲目地沾沾自喜，有可能别人是在善意地提醒你，仅仅是衣服好看而已。如果大家见到你，说你今天好精神！好干练！好清爽！好别致！那才是在由衷地夸你，因为你已具有衣人合一、独一无二的不凡风格了。

从整体角度观察，V 型、X 型、H 型、A 型属于女性上衣的基本款型，下面我们来和女性朋友分享如何选择适合自身体态的上衣款式。

V 型 V 型款式的上衣为上宽下窄型，一般分为长款、中长款、短款三类长度。与之相配的下装可以是裤装，也可以是裙装。V 型款式的上衣适合不同体态的女士穿着，尤其对肩部偏窄、腰腹部位较为丰满的女士，有在视觉上帮助改变体态的效果。可以将略显臃肿的 O 字型身材修饰为向上延伸、挺拔的 V 字形状。在决定自己适合的长款上衣的长度时，有一个基本的建议：长款一般是在臀部到膝盖之间，你可以量一下从自己的肩线至脚踝线的长度，上衣长度正好在一半，就是你适合选择的长度了。当然，我们还是要在共性的标准中，依据自身的体态特点因人而异地做具体的调整。V 型长款上衣适合搭配裤装，可以配有悬垂感的、宽松的裤装款式，这种组合适宜身材苗条、挺拔的女士，穿着时不系外衣的纽扣，会显得洒脱、飘逸。不同体态的女士都可以将 V 字形外衣与直筒裤搭配组合，有的款式的直筒时装裤在裤脚的外侧有开衩，适合搭配有跟的鞋穿着，显得人挺拔、修长。V 型长款上衣也可以搭配裙装，裙装的款式和长度依人而定。守规矩的组合是裙长在膝盖上下的位置，出方圆的组合是配短裙或长裙穿着，前一种配法多见于中老年人，后一种配法在讲究风格化的年轻人中常常适用。

V 字型中长款式上衣被选择穿着的比例最高，长度适合在臀部附近。在决定自己适合的上衣长度时，可以站在镜前，穿好上衣后上下拉动衣服腰部的两侧，扭头看看底摆是否将臀部偏大的部位盖住了。刚刚好盖上了就是你应该需要的长度。V 型中长款上衣可以搭配裤装，亦可搭配裙装，也可与长袖、中长袖、短袖、卡袖连衣裙组合，与短裤、裙裤搭配穿着也会很有味道。只是建议这些组合都不系上衣纽扣敞开穿，会显得有洒脱、干练、知性的感觉。

V 型短款上衣以宽肩、收腰、无领的样式为多（也有少数西服领的短款式样）长度至腰线部位，或者再长两到四厘米左右。里面可以搭配高领、圆领、V 领的针织衫、羊绒衫，也可以搭配丝绸类衬衫。这类款式的上衣主要和裤装相配，裤装的款式最好是腰部有褶缝的时装裤、高腰裤。甚至还可以和短款、中长款、长款的连衣裙组合，前提是需要有腿部比例偏长的身材条件。不建议和短裤、窄腿裤、七分裤、九分裤等款式相配，除非具有模特的身材条件。

X 型 X 型款上衣的特征是有垫肩、胸部收省、有明显的收腰感觉，女性穿上后曲线凹凸有致，适合身材比例好的女士穿着。体态不太理想的女士要慎重考虑是否选择这种款式，因为过于偏瘦的女士穿上后，撑不起来精心剪裁的三维感觉，从而使服装款式的风格表现不出来。而偏胖的女士穿上后，衣服在腰部勒出来的横向褶纹，会使身材的遗憾之处暴露无遗。也有些女性，腰部有收缩的曲线，但是腿部比例并非理想状态，显得有些短，可以在剪裁时将上衣的腰线（腰部最收缩的地方）提高三四厘米左右，可以产生上身短下身长的视错觉。X 型

款上衣可配裙装、裤装穿着，不系纽扣的穿着方式会显得更加潇洒、轻松，但在正式的社交场合中一定要系上扣子穿着，否则会产生与事由不符合的感觉。

H 型 H 型款上衣属于直上直下的样式，有不很明显的垫肩，有的款式在后襟中有 T 字接缝、底部有开衩。也有在旁襟处开衩的款式。在前衣襟两边下部有明显的兜，或胸前有兜。H 型款式可细分为合身的直下式剪裁和宽松的直下式剪裁两种，需要因人而宜地来选择。身材比例好的女性有条件选合身的直下式剪裁，其他身材条件的女士建议选宽松式。有的身材很棒的女性恰恰喜欢穿着宽松式款型，她们深谙"朦胧产生美，距离产生美"这一美学理论中的最高境界，认为，假如拥有好的身材比例，不一定非要张扬地用服饰勒出曲线来向大家展示。她们觉得穿着宽松式的服饰款款走动时，若隐若现的曲线动势会更加优雅迷人。H 型款式还可以作为裙装的式样，直筒形状的裙装、略带变形效果的直筒式裙装，带有复古的感觉，近年来有越来越流行的趋势。

A 型 A 型上衣款式的特点是不加垫肩，衣服的下摆呈 A 字形，剪裁得较宽松，底摆有呈荷叶边形状的、有呈几何形状的，甚至还有呈灯笼形状的样式。近年来又开始流行高位收腰的裙式，也带有 A 字形的感觉。有的 A 字形款式是专为怀孕女性设计的，但大多数款式是适合年轻少女和娇小玲珑身材的女性的，在休闲时间里穿上，会有活泼、可爱、青春的感觉。不同年龄的女士，可以试试将 A 字形纯棉、亚麻、绸质、羊绒质地宽松式背心，套在紧身针织衫、羊绒衫的外面穿着。年轻女士选择这样搭配会有时尚、飘逸的感觉，

中老年女性这样穿着,不但可掩饰发福的腰腹部位,还
会显得气度不凡。

B. 对其他服饰部分的建议

　　每位女性的身材特点都不尽相同,除
了决定基本风格的上衣款式以外,下面我
们再和大家分享一些选择适合自己条件
的其他服饰的基本常识。

袖子长度　长袖服装的袖长应至手腕骨处,有
些年轻女性喜欢在休闲时段穿着弹性很好的紧
身衫,宽松的线衣、毛衣,喜欢袖长至手掌中间的位
置,带有一种不经意的时尚味道。中长袖的长度应在
小臂形状最好看的位置结束,可以将衣袖在小臂处上下
拉动,看看不想暴露的部分在哪一段,刚好把它盖住就是
中长袖合适的长度。半袖的长度应在肘骨交界处附近结
束,是否穿半袖的上衣款式,也要看你对自己小臂的形状
是否有信心。短袖上衣的袖长在肩部至肘部一半的位置,建议也将短袖的袖长定在
自己大臂形状最好看的位置。穿起来最凉快的短袖款式称为 1 / 8 袖(也称卡袖),长
度在肩部末端向外一点的位置,手臂条件好的女士适合穿这种款式的服装。

裤装的长度　裤子的具体长度要依何种款式的裤型来决定。搭配正式服装的西裤,和
一般时段穿的卡其布裤、直筒牛仔裤的长度应落在脚踝骨的下缘。飘逸、洒脱、有悬
垂感的高腰裤的长度,要穿上中跟鞋或高跟鞋后再确定,以裤脚可盖住鞋面为宜。
能穿七分裤、九分裤的女性朋友,腿部比例一定很棒,小腿部位一定很值得展示,长
度在自己最满意的位置终止。

裙装的长度　裙装又分为长裙、中长裙、短裙等不同长度,建议以自身的条件来决定穿多长的裙子。确定适合自身的裙子长度可以用前面介绍过的方法:在镜前用一块布、一条大围巾或一条大长裙子围住腰部,手抓住裙子两边将底部慢慢向上提,从镜子里看看自己的小腿、膝盖、大腿,哪些位置是自己最满意的部分。如果对所有位置的形状都满意,就说明可以穿不同长度的裙装。如果腿部的一些地方不想暴露,就说明裙子的长度需要在不想展示出来的位置结束。比如自己的小腿有些粗,看看裙子底边是否已将小腿粗的部位刚好盖住,小腿上有收缩感的位置刚好在裙长的下面,这时就可以决定你的裙子长度了。有的女性挺在意自己的膝盖是否值得展示,也可用同样的方法观察一下:如果自己觉得满意,就说明你可以穿长度至膝盖上面的短裙,如果你自己都不满意,就最好选择盖住膝盖的裙子长度。有的年轻女性在休闲时段喜欢穿短裙或超短裙,如果你对自己的小腿部位、膝盖部位已有信心,也还要观察一下自己的大腿形状,短裙的长度最好不要暴露自己大腿部位粗壮的地方,以有收缩感的地方决定短裙的裙长。

以上的方法同样适用于你选择短裤、裙裤的长度,掌握这些简单的观察方法之后,就可以通过服饰的修饰,将自身条件真正扬长避短。

C. 饰物样式的建议

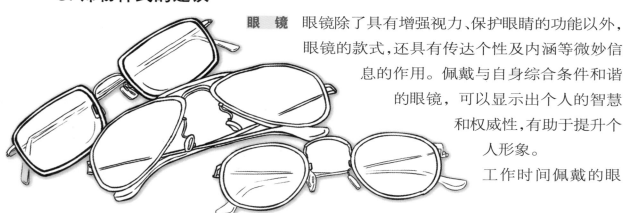

眼　镜　眼镜除了具有增强视力、保护眼睛的功能以外,眼镜的款式,还具有传达个性及内涵等微妙信息的作用。佩戴与自身综合条件和谐的眼镜,可以显示出个人的智慧和权威性,有助于提升个人形象。

工作时间佩戴的眼

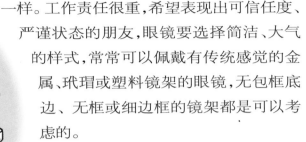

镜的样式和休闲时间里戴的眼镜的样式绝不能一样。工作责任很重,希望表现出可信任度、严谨状态的朋友,眼镜要选择简洁、大气的样式,常常可以佩戴有传统感觉的金属、玳瑁或塑料镜架的眼镜,无包框底边、无框或细边框的镜架都是可以考虑的。

如果自己的职业不属于娱乐界、时尚界的工作范畴,在上班时请不要佩戴修饰性过于时髦的眼镜,比如扁的长方形状、间距很集中的圆形镜片,还有形形色色的彩色镜架、镜片等等,除非你想让大家觉得你很奇怪。以发挥创意为工作目的的朋友倒是可以借鉴一句话:"你担任的职务需要的创造性越大,你所选择的镜架也可以越大胆、亮丽"。不过能够把握适当的"度",是最高的境界。为了防止让别人认为你很滑稽,眼镜款式既不可缺乏创造性的表达,也不能过于张扬和怪异。

选准适合自己的眼镜样式,可以帮助我们完善脸部形象、平衡五官容貌。镜架的宽度最好至脸部最宽的位置,镜架的上缘最好和眉毛齐平,如果在眉毛的上面或下面都会产生仿佛有两条眉毛的奇怪感觉。圆脸形的朋友适合佩戴猫眼款式(镜架外角略向上斜),或择选椭圆形镜架,可以帮助让脸形显得较延长。长脸形、菱形脸形的朋友适合选择方圆形、方形、椭圆形镜架,使脸形看上去显得有横向拓宽、丰满的感觉。国字脸形、方脸形忌讳佩戴方形镜架的眼镜,选择猫眼形式、椭圆形式的镜架都可以让脸形显得更加生动。

如果鼻子偏长,请不要选择高架梁的眼镜位置,会显得鼻子更长。鼻子较短的朋友,最好不选择现在时髦的彩色窄扁镜架,会把自己脸部的中间部分挤缩在一起,鼻子会看上去感觉更短了。

　　眉毛和眼睛距离长得过近的朋友,也最好不要追赶这一时髦,窄扁眼镜框明显的形式感会刻意地告诉大家,你面部的下端特别宽大。另外,过大、过厚的眼镜片早已过时,佩戴上去会使人的状态显得又老又疲倦。总而言之,永远不要选择和自己脸形同样形状的眼镜款式,最好选其他形状的镜架来修饰自己的脸形,除非你拥有任何款式都适合的椭圆形脸。

手　表　手表除了具有提醒大家时间的功能以外,不同的样式及搭配也在暗示着个人的审美情趣和身份状态。工作时间里佩戴的手表以精致、简洁的样式为首选,金表、银表、精密石英表都可以选择。市面上让人眼花缭乱、五光十色的手表非常考验女性朋友的购买定力,手表的色彩、款式一定要与服饰相呼应,再时髦的表型,只要独立地在身上存在,都是缺乏对自己整体设计能力的体现。

　　肤色稍暗的女性应避免佩戴白色和银质手表,会反衬手部皮肤的颜色太暗。这些颜色适合皮肤白皙的女士佩戴。深蓝色、黑色、深灰蓝色、栗色、暗绿色等的手表及表带适合各类不同肤色的女性选择。

项　链　女性朋友在正式社交场合或半正式社交场合中,佩戴金、银、珍珠、钻石、宝石等质地的项链,会显得优雅和高贵。非正式场合中除了以上材质的项链可以选择以外,玛瑙、玉石、翡

翠、琉璃、木质、塑料、陶质等材质的项链都可以与服饰组合出独特的个人风格来。

项链的款式要与自己的身材比例相符合。身材高挑的女性朋友可选择修饰性略强的大款型项链，娇小身材的朋友应该佩戴精致、小巧款式的项链。长脸形、长脖颈条件的朋友不适合佩戴长的项链款式，会产生更加被拉长的感觉。可以挑选圆形项链，高的、密封式项链，阻断过长的形状。而圆脸形、短脖颈条件的女性，建议佩戴中长款式、长款式项链，产生向下的延长感觉。中长项链的标准长度在锁骨至胸部一半的位置，长项链可长至胸部以下或至腰部的位置。假设有的女性朋友个子很高，又是圆脸形，正好适合佩戴长至腰部的项链，再配礼服穿着，会感觉十分和谐及有品位。而有的朋友个子不高，也是圆脸形，就不要佩戴过长的项链，会让人觉得在胸前拖了一根长长的链子，使整个人的身体都有下坠感了。

耳 环　在工作时间里不适合佩戴修饰性过强的耳环，如款式复杂、色彩鲜艳、戴上会晃来晃去会发出声响的耳环。最好选择精致、小巧的耳钉式耳环，形状以心形、水滴形、椭圆形、小花形为主。在正式的社交场合中出现时，项链、耳环可以是一套同质地的样式，比如可以是金、银、珍珠、钻石等材质。其他时间里不一定成套地佩戴饰物，形式感过于一致的项链、耳环、戒指、手链在身上同时出现，有时会给人过于刻意的感觉。试试将金、银等不同材质的饰物搭配在一起，倒可以产生一种极有互补风格的感觉。运用饰物的目的是起到画龙点睛的作用，切记，"少即是多"的经典原则。

④ 女性发型的选择和护理

在日常生活中,女性朋友们最关心的是自己的发型问题,即使平时最不刻意讲究衣着打扮的女士,对自己发型方面的问题还是会十分在意。大家都想了解自己适合什么式样的发型,如何更加方便地打理和养护头发。确实,如果选准了一款和谐的发型,不但可以帮助女性朋友改善心情,也会向别人展示出你的职业状态和生活方式。得体、整洁、动感的发型,是构成女性内涵与发型相互衬托的最高审美境界。

具有造型设计能力的发型师,在对顾客的发型作决定之前,一定会先观察被造型对象的整体条件。比如从对方身体比例条件来决定发型的高低、大小、长短的基本状态,从对方的职业身份和个性特点来决定发型的具体款式风格。假设女性朋友遇到的是只会给你推荐现在最流行、最时髦、最昂贵的发型建议的发型师时,就要考虑是否有选择另外的发型师的必要了。发型师不能只是观察顾客的头部细节,头发也并不是独立存在的,人在社会环境中不会只有头部单独被人看到。就如只会把脸上的五官的每个部分,分别画得十分漂亮的化妆师不能算是大师,能够塑造整体和谐形象的发型师、化妆师才是大家认同的高手。

当今许多发型界的朋友的学习精神都很积极,不少人已从单纯的生存状态转向了研究型、设计型状态,享受自己的设计过程的造型师大有人在。建议女性朋友在看到其他女性朋友一款和谐得体的发型时,可以求问是哪位发型师的作品,你也可以去尝试一下他对你的判断和创作。但是当你选择了新的一位以后,建议不要频频地、快速地更换发型师,要和发型师有一段磨合的时间。服务和设计意识好的发型师会逐渐了解你的有关需求,了解你的综合条件。不仅可以为你设计、实施头发款式,有的还会像朋友似的给你提供养护头发的很多细节建议,在和这样水准的发型师的交往过程中,女性朋友们从中可以学习到许多有益的知识。

A. 脸形和发型的关系

决定发型款式的前提是以身体比例特征作为参考条件的，得体的发型也可以起到帮助完善脸形的效果。有些女性不太会确定自己的脸形特征，对自己的发型也就更加不知如何选择了。这方面我们得向古人学习。

我国古代的画师们对事物的观察方式十分细致和整体。在观察人的形象时，他们用汉字的形状来简洁地概括脸形特征：方的面形比喻为"田"字型脸，长脸比喻为"目"字型脸，下颌宽、额部窄的面形比喻为"由"字型脸，相反额部宽、下颌窄的面形比喻为"甲"字型脸，额部窄、颧骨宽、下颌窄的面形比喻为"申"字型脸，偏长、偏宽的面形比喻为"国"字型。甚至还将面形长、下颌过宽的脸形用"风"字来作比喻。古人观察事物的聪明才智我们一生都受用不尽。

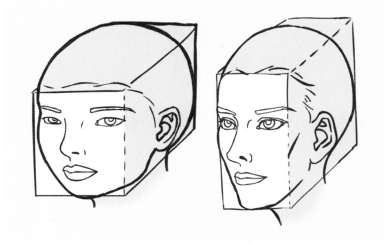

世界上的人类有两种头颅形状，即长头颅型和方头颅型。欧罗巴人种(以白色、红色肤色为主)、尼革罗人种(以黑色肤色为主)均属于长头颅型状，这里不单单指的是正面的脸形长，而是指头颅形状的前后关系，从侧面看是立体的长方形状。我们都属于蒙古利亚人种(以黄色肤色为主)，呈方头颅形状，头颅的正面和侧面长度相等，接近正方体形状。优秀的发型师在做设计之前，除了用眼睛观察对方的形象以外，还会用手去触摸对方的头颅形状，会在对方固有头颅形状的基础上，设计出最适合的发式来。

前面已经提到，朋友们把握自己发型设计的一项基本原则是：不选择和自己脸形同样形状的发型。除非你属于可以尝试多种发型的椭圆形脸，可以选择和自己脸形相同形状的椭圆形发型。在身材条件、气质都和谐的前提下，会显得人十分的知性和优雅。现在社会上一直在流行长碎发、中长碎发、短碎发，再加上颜色相同的染发，使许多女性都陷入同质化的发式感觉中，缺乏自身独有的个性和风格。

　　在世界人种中东方女性的发质是最有弹性、光泽和动感的，让西方人十分羡慕。我们头发的横剖面是圆柱体，所以十分有弹性，非常容易成型。白色人种头发的横剖面是扁圆形状，老有大的弯曲状态，不太容易成型。黑色人种的头发横剖面是扁扁的月牙状，大多数黑色人种的头发都会弯曲地贴附在头皮上，他们十分喜欢我们直直的、光洁的发质。可是现在我们不少女士的发质干枯、焦黄、易脆，这是盲目追求流行的结果，不但人人的发型都一样，还可能把自身发质的长处变为短处了。有些西方的发型大师，一直欣赏东方女性的头发质量，设计出许多有整体感和动感的发型来。发质优良的女士其实十分适合选择低层次的椭圆形发型，这种发型在世界的成功华裔女性中常常多见。这款发型的实用性很强，晚间参加礼仪活动时，可以整理成晚装发型，白天上班时两侧后掠的发式很有动感，平时在家做家务时，用一条手绢或丝巾系上，先生一定会觉得很性感。但是要修剪好这款发型，是很考验发型师的造诣的。

长脸形　长脸形也可称为"目"字形的脸形，适合选择在头部两侧丰隆的发型，圆形、椭圆形

发型都可使偏长的脸形线条显得柔美、丰润。上面提到的低层次的椭圆形发型就很适合"目"字形脸形的朋友。长脸形的女性朋友最好避免选择垂直线条的中长发、长发，或将头顶部分做得更加膨胀、高耸的发型。有的长脸形的朋友可以尝试用不同样式的刘海作为收缩脸形长度的方式，比如厚厚的直下式，轻松的间剪式，光洁的内扣式，不对称的几何形式刘海等等。假如有的女性朋友脸形较长，但是额头很漂亮，也就不必选择用刘海的方法，将自身最佳的特质表现出来比什么都重要。

圆脸形 纯粹圆的脸形不太多见，有的脸形可能是偏方的圆，有的是偏"由"字形的圆，或者是带"国"字形的圆。圆脸形的女性会显得比较甜美、可爱和年轻，但遗憾的是，会稍微缺乏一点力度和棱角。当然不要一概而论地认为所有人的脸形都必须用发型进行调整，要依据个人的性格特征和身材比例为前提来考虑。有时可以试试因势利导的方法，比如性格甜美、单纯、可爱的女性，长着圆圆的脸、不太高的个子，选择带刘海的娃娃发型，会给人留下深刻的美好印象。而脸形过于浑圆的女性，建议选择呈V字形状的发型，使头部上端的

发量丰隆、饱满，发脚部位的发量收缩、延伸。有的圆脸形条件的女士也同时具有短脖颈的身体条件，千万不要选择大波浪、披肩发等式样的发型，脸形与发型的共同

作用下使人看起来呈下降感的 A 字形状，显得头部是搁在肩膀上的压缩状态。有的朋友以为 V 字形状就只能有短发、超短发的发型，其实不然，长发、中长发、烫发稍加打理都可以呈 V 字形状。我们可以向发型师咨询，如何用最短的时间、最简单的方法，将头发形状呈现向上延伸的整体感觉。同时也善意地提醒我们的发型师们，应该多研究出一些女性朋友可以自己动手打理的实用性发型来。

菱形脸形 也有被称为"申"字形脸形的，东西方人对菱形脸形的感觉是不一样的。西方人觉得菱形脸显得很有骨感美、很性感，我国一些地方的人却认为菱形脸的颧骨太高、不好看，甚至还有一些迷信的说法。其实只要适度地把握自身的整体感觉，菱形脸形也是很有味道的脸形。由于这种脸形具有额头窄、颧骨高、下颌窄的特点，所以不建议选择呈菱形形状的发型。可以尝试用不同形状的刘海掩饰额部，发脚不要收拢，不要有渐薄的收缩层次，长发、中长发、烫发的女性也不要紧紧地把头发系在后面，总之不要将头发紧贴头皮地全部系起来，适合用柔和、飘逸的发型来中和菱形脸形偏硬的感觉。尝试在额部留出光洁的刘海，其余的头发作中等曲度柔和的淡烫处理，选择短发、中长发，会体现出既有现代感，又不失东方味道的风格来。

方脸形 包括"由"字形、"国"字形等接近"田"字形状的脸形，方的脸形给人端庄、稳重的印象，但是好像缺乏一点生动感觉，过于方的脸形还会显得有点呆板。在进行形象塑造的时候，可以利用一些反向思维：太圆的形状可以用增加长度、增加力度和棱角的方法来进行修饰；过长的形状可以用增加圆润感、表现柔和的状态进行改变；过方的形状需要破除过于呆板、太对称的印象，找到生动、灵巧的感觉。设计时考虑到形状的另一面，抓住整体感觉，精到地处理细节，就能设计出满意的整体形象。方脸形可以选择椭圆形的动感式发型、上松下紧的 V 字形发型、不对称的几何形发型，不建议选齐耳短发、饱满的短烫发等样式，会产生头部体积过大、脸形过于平面的感觉。

　　尤其不建议使用大量的美发用品来制造僵硬的发型，目前利用发胶、摩丝、啫喱等辅助材料做出的发型充斥着我们的视线。最让西方人羡慕的就是我们东方人丝丝见光的、像黑色瀑布、缎子一样的动感头发，他们认为富有弹性、光泽、飘逸的黑色头发是最具东方特色的，是东方人最美的地方之一。现在偶然见到纯粹天然的、没有经过染烫的头发，都会十分欣赏和羡慕。物以稀为贵！在大家都在追求僵硬的静态发型时，拥有一头整洁、光泽、动态的头发，会在众人之中脱颖而出，搏来频频的回头率。

　　在职业场中工作的女性，上班时间里尽可能不要出现长发披肩的状态，青丝佛面的感觉还是在休闲时间里更为适合。不论是光洁的长直发还是柔美的中长卷发，在工作时呈现都会有过于性感的暗示，工作能力和敬业精神是不需要用性感的形象来做支持的。请平时留披肩发的女性朋友，在工作时间内把头发简洁地管束起来。可以用简洁的盘髻方式，也可以用与服装同色系的发结、发带稍作装饰性的管束，最好选择黑色、深蓝色、深栗色的发结。体现职业性状态，是女士们在工作时把握自身素质的智慧选择。

B.头发护理常识

人们都相信付出多少、回报多少，想拥有一头具有弹性、张力，光洁、动感的头发，同样应遵循这个道理。

洗发水、护发素的选择和使用的方法十分关键，假如购买了质量不过关的产品，不但对头发起不到清洁和养护作用，还会对头发的健康产生毁灭性的破坏效果。建议大家在正规商家购买洗、护发产品，不要贪图便宜去购买廉价货，廉价货给头发带来的破坏是多少钱也弥补不上的。其实只要使用方法得当，用量并不会很多。朋友们最好选择适合自己发质的洗护产品，目前市场上有适合干性头发、被损性头发使用的营养类、深层护理类洗护用品，也有适合油性发质使用的清爽型洗护用品。

在准确地选择了适合自身头发条件的产品之后，还要掌握正确的洗发方法：先把头发梳理通顺，用水湿透。水温最好根据发质的不同而定：油性发质的水温可适当调高一些，方便去除油性，干性发质的水温不要过高，就和洗浴时要依每个人皮肤质地而水温不同一样，以免让头发更加干燥。对于不太脏、经常洗的头发，洗发水的用量不要用太多，依据头发的长短多少，用自己大拇指肚左右的量即可。把洗发水倒在手心里，双手揉开擦入头发中，用指肚在头皮做按摩动作，千万不要用指甲抓头皮，过于强力的动作会破坏头发的毛囊。

洗发水和护发素不建议选择二合一的洗护产品（除非为了短期出行方便）。在家时，可以准备两三种不同品牌的产品，在一段时间里轮换使用。选择 PH 值偏碱性的洗发水，达到帮助头发的毛鳞片打开，洗干净头发的目的。洗发水在洗发时由于水温和碱性物质的原因,会使头发的毛鳞片膨胀、张开,而护发素由于偏酸性的原因可以关上毛鳞片,使头发光润、顺洁。不同的作用不同的效果,二合一的产品一定不如洗护分开的产品作用明显。当把洗发水清洗干净后,将护发素倒在手心中双手揉开,均匀地涂抹在头发上面,不建议涂抹至发根部位,那会使油性的发质更加油腻。最后清洗干净护发素,用干毛巾包住头部,用按压的方法吸收水分,不能用干毛巾胡乱地擦头发,因为头发在湿的状态下会变得很软,过于用力的擦干方式很容易损坏头发。在一些质量不高的理发店里,事先不把顾客的头发彻底湿润,只用喷壶把头发稍稍喷湿,即将洗发水倒在头上,再用长指甲长时间地抓头皮,造成头发和毛囊受损。偏油性、粗硬发质的女性朋友尽量选择偏碱性的洗发水,细软、受损过的发质适合选择弱碱性的中性洗发水。

　　一些女性很喜欢使用焗油膏,甚至将焗油膏当做护发素来经常使用,其实这两种产品的用法是不一样的。护发素是在每次洗发后使用,焗油膏要以自己的发质来决定使用的时间间隔。油性发质一两个月里使用一次即可,干性发质可以在两周里使用一到两次。真正有作用的焗油方法最好在理发店里进行,发型师将头发清洗干净后,把焗油膏一片片地用手打在头发上,专业的做法是把每一片头发打到 30 至 50 下,再在蒸汽焗油机里加热 20 分钟左右,会让头发得到营养性的养护。自己在家里做焗油的女性朋友,建议最好在泡浴时进行,洗干净头发后先做焗油,用热毛巾包裹后再泡浴一刻钟左右。泡浴及焗油都不是时间越长越有效果,泡浴时间过长对身体并无好处,焗油时间太长也不会使头发更加有质感,做任何事情都以适度为宜。

　　现在女性染发的人群比例已经越来越多,好像不染色已经跟不上时代一样。其实人云亦云,关键是看你对可以选择的生活方式是否愿意自己主宰,你可以选择从众的、随大流的同质化的生活方式,也可以选择属于你自己喜欢的、独特的生活。生命过程是一次不卖往返票的单程旅行,自己有权利来决定自己的生命质量。东方女性的发色是西方人非常羡慕的,近年来也十分流行黑色的头色,不少老外还要把黄色的头发染黑。

　　有的时候很同情某些女性被所谓时尚潮流引导得团团转的景象：刚刚做完流

行的麦穗式烫发不久,发现又流行直板烫了,她们赶快去把头发拉直。刚刚拉直了头发,又流行离子烫了,马上又得去赶这一期的潮流。刚刚把头发染成红色,又流行黑色的染膏了。最后的结果是:头发量日渐稀少了,发质和稻草一样干枯了,没原材料可折腾了,恐怕又要赶快去寻找生发水了。专业的化妆艺术造型师要将演员的年龄变老,除了面部的化妆手法以外,将头发颜色变浅、变淡、变灰是最有老年效果的做法。尤其一些上了年纪的女性,赶时髦地将自己的头发染黄、染红、染紫,都是让自己看上去更衰老和更显得奇怪的方式。我们可以想一想,花了不少的钱变得更衰老是否值得?一些很有主见的中老年女士,并不将精力放在追赶时尚潮流上面,虽然已是一头白发但却气度不凡,我想她们是自信地活出了自己的生命质量。

我们不反对大家自由选择自己希望的装扮方式,每个人都有选择装扮的权利,但是以职业、个性、外形特质作为选择的前提还是必要的。东方女性染发的需求,有的是由于早生华发需要掩饰,有的是希望头发颜色有些层次感觉,显得更生动一些。建议大家立足自己原有的肤色、发色,再来选择和谐的染发色彩是最明智的做法。大家都认为最高境界的化妆是无妆的状态,将自己的头发染出让人以为是浑然天成的颜色,也已达到最高的、最真实、最自然的染发境界了。现在不少需要染发的女士已智慧地掌握自己所需染发膏的品牌和号数,使自己的头发染完后看上去十分自然。在这方面还缺乏概念的朋友可以向专业的发型师请教,他们会依据头发的色度和染发膏的度数给你准确的建议。职业女性需做头发的染色时,请尽量避免选择过于时髦的发色,一头张扬的、明艳的头发在工作环境中的"回头率",对个人的职业生涯是没有帮助的。

女性朋友烫发的时间间隔也要科学地把握住规律,不可以率性而为,想烫发就烫发,过于频繁的烫发只会使自己的头发变得像稻草一样干枯,可以在3~4个月之间烫一次头发。有个别的女性朋友烫了头发以后,反而会显得年纪有点老,其实只要自己的发量适中、便于梳理,不见得只有烫发才是时尚的选择。烫发可以使稀少的发量显得饱满,但是细软头发烫后保持的时间不会太长,建议这种发质的女性不要留长发、中长发,短发、超短发都适合做烫发的处理。另外不要在发型店里同时做烫发和染发，对发质和做出的发型效果都不太有利，可以在烫发后一周之后再染发。假如实在要同时做，一定先烫后染，而且只做挑染。以原有的发色为基础，染膏颜色和原有发色不要超过三度的色彩关系，把握这样的色度关系的染发看上去是最可信、自然的。

第4章 色

分享色彩基本知识，根据自身的肤色特征、出席事由、职场定位及个性，把握色彩选择和搭配的常识。

人们在日常生活中给别人的印象，往往先来自对对方色彩的整体感觉，常常是先"色"后"形"。大师曾说过：色彩是人类文化的温度计。职场中每位职业人士身上的色彩组合，首先向人们介绍了自己的审美品位和文化素养，这种印象往往先于你递给对方的名片而产生。我们常说的"得体"一词，不仅仅指与自身"形"的比例特点适当，更重要的是是否与自身的色彩特征形成准确的和谐关系。当今的职业人士非常在意自身的整体形象，也很想学习和掌握色彩方面的专业知识，并且还需要了解适合个人的服饰色彩范畴。但是由于繁重的工作和生活压力，坐在课堂里再去学习充电的机会微乎其微，所以，我推荐在工作之余读书、行路的生活方式，因为这是最好的学习过程，假如养成了这样的生活习惯，我们的形象自然而然地就会产生很大的变化。

在有关色彩的专业书籍中我们可以了解到："形"与"色"是造型艺术的两大基本要素，物体视觉形象的形成，主要取决于物体的形状与色彩。形状是物体的外壳，是辨别物体本质差异的要素。而色彩是物体的外衣，是物体情感象征化的要素。若将二者巧妙地结合运用，就会赋予物体巨大的审美魅力。我们生活在大自然的怀抱中，时时刻刻都能欣赏、观察和感受到自然界绚丽万变的色彩。色彩是一种特殊的世界语言，和音乐一样，不需要特定的语言文字，就能够在广大的世界范围内进行沟通。在许多注重人性化服务的公共区域中，利用色彩让大家识别路线的方式胜过了文字的提示功能。如果能够巧妙地运用这种直观的、无声的语言，可以帮助大家提升鉴赏能力，完善自我形象。

职业人士在繁忙的工作生活中，如何能够简单明了地抓住要点，使自己把握和运用色彩的能力迅速提高呢？万里长征要走的第一步，是要先给自身的肤色特点做准确的定位。大千世界，千人千面，在人群中不但每个人有自己的身材比例特征，每个人还具有自己特有的肤色条件特征。肤色是基础，决定了你适合的色彩范畴。除此之外，还需要考虑到你的职场的定位、出席事由的定位和个性的定位等方面。平时，不少朋友对自己的肤色条件不甚了解，服装颜色常常与肤色条件相冲突，盲目地凭自己的爱好和流行趋势来决定服饰色彩的选择，长期如此会影响到别人心目中对你的审美品位的判断。了解自身的肤色特征是需要掌握一些基础的专业色彩理论的，造型师为被造型对象做设计时，是依据对方的肤色明度、色相、纯度作为整体判断的前提条件的，职业人士也需要从这个切入点来了解色彩的三种要素：

色彩三要素 ①1

① 明度

明度 指的是颜色的明暗程度、深浅程度。具有两种含义：

（1）同一物体的色相受光后，由于物体色相受光的强弱不一，产生了不同的明暗变化。我国的水墨画就是利用淡墨、墨、浓墨、焦墨、枯墨等墨分五色的方式，使景物的形状、透视

及艺术的意境得以表现出来。源于西方的素描画，也是将物体的体积、质感、风格，用明部、中间部分、暗部、反光等不同的明暗调子描绘出来。

（2）指颜色本身的明度。我们可以这样来理解明度的概念，在某种颜色里如果加了白色，颜色的明度就会提高；如果加了黑色，明度就会降低。比如在绿色里加白色，会出现高明度的淡绿、浅绿色，加黑色后就会出现低明度的深绿色、暗绿色。

世界上有三种人种：肤色发红、偏粉白的属于欧罗巴人种，肤色偏黑色的属于尼格罗人种，我们属于黄肤色的蒙古利亚人种。在黄肤色人种中大家的肤色明度是

不一样的,各有其特点。有的人长得白,有的人长得黑。我们平时常说的肤色的黑与白,其实就是皮肤色彩明度的高低不同。为了方便大家进行自我判断,我们来做个梳理之后的归类:长得最白的肤色为高明度肤色,比较白的肤色为偏高明度肤色,中等条件的肤色为中间明度肤色,肤色偏暗的为偏低明度肤色,肤色最暗的为低明度肤色。

辨识的方法是几个人或者十几个人在一起相互比较,就可以大致了解自己的肤色明度特征了。

肤色的形成有先天因素,也有后天的原因。先天是因为每个人皮肤表皮底层的黑色素细胞的数量不同,后天的原因则是生活、工作与自然的关系所决定的。有些

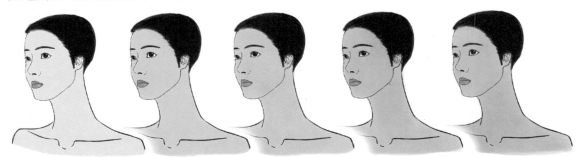

不同明度肤色

人很在意自己的肤色是否显得白,甚至会轻信一些非专业人士的说法,用所谓换肤、雪肤的方法企图把自己变白。其实有些方法有可能将皮肤表面浅度灼伤,使表皮皮肤质地被彻底损坏,进而出现皮肤表面高低不平、肤色不匀的现象,使人追悔

莫及。

　　世界上的每一个人都有自己与众不同的地方,上天是很公平的,会给你一半好的、就会再给一半坏的。仅从皮肤来看,白皮肤的朋友在年轻的时候是让人羡慕的,面若桃花、肤如凝脂。可是由于皮脂腺、汗腺分泌不够,皮肤十分容易呈干燥的状态,衰老期比其他肤质的人要来得早,容易因缺少滋润和水分而早生皱纹。白皮肤的朋友平时如果能够注意防晒和保湿,是可以帮助延缓皮肤衰老的。黑皮肤的人在年轻的时候不显得年轻,老了也不会显得老的原因,是皮脂腺及汗腺的分泌较多,容易长青春痘,注意清洁是保持皮肤健康的好习惯(35 岁以上的人如果还长痤疮,就应该去

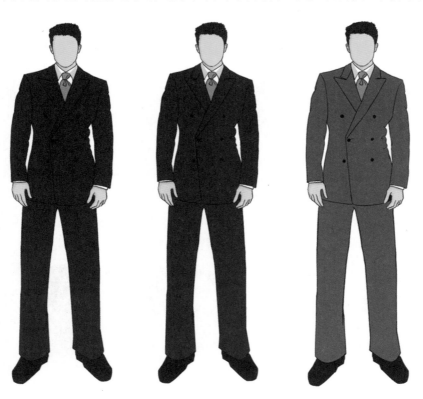

不同明度服饰

医院检查身体了,有可能是身体内里的问题)。西方的发达国家中不少人会羞于自己的皮肤太白, 他们认为偏黑的皮肤才是成功的象征, 由于工作勤奋才会有好的经济收益,才能够常常享受生活、外出旅行,所以,拥有在旅行中变得黝黑的肤色是成功人士的象征。西方的长假之后,大家都以上班时拥有一身琥珀色的皮肤颜色为傲。有些

工作不太成功的人虽然没有经济条件去旅行，还是会在假期里到美容院里去照太阳灯，长假后让同事以为自己也刚刚旅行回来。我们经常看到一些女性选择铜色的粉底颜色，将自己的肤色修饰得十分健康，就是在显示自己也属于成功一族。

实际上谁也无法选择自己先天的肤色，每个人都应该喜欢自己的皮肤颜色，不用因为自己的肤色而怨天尤人。明智的人会以自身的肤色条件为基础，选择和谐的服饰色彩与之相配，使个人的整体感觉十分独特。不同肤色明度的人在着装颜色的明度上也会有不同的选择范畴，依据的是明度对比的原理：相近明度对比显得柔和，反差大的明度对比显得强硬。所以不建议偏暗肤色和面部颜色不统一的人穿极浅的上装，尤其是纯白色和最浅的浅粉、浅绿、淡蓝等颜色的上装，这些明度很高的色彩会把偏暗的肤色反衬得更加晦暗和不干净。

我们平时拍照片也会遇到明度对比的问题，假如恰好站在白墙前面拍照，身上穿的又刚好是白色服装，在不用闪光灯的情况下，拍出来的面部肤色会比原本的肤色要灰暗许多。即使你不属于偏暗的肤色，拍出来的照片也不是你原有的肤色明度。这是你的原有肤色明度在与高明度物体、环境对比后的结果。有经验的朋友在拍照时，会习惯选择有纵深感的背景或者偏暗的背景，低于肤色明度的背景，会把人物形象衬托得十分写实和鲜明。职场中的管理者常会遇到被媒体采访的情况，不论是被平面媒体还是电视媒体采访拍摄时，要有意识地站在有透视感觉的暗背景前面，上装颜色最好暗于自己的皮肤颜色，面部要朝向有光的方向。把握了面对媒体的一些基本技巧后，当自己的形象在报刊中和屏幕上出现时，你是会满意自己的媒体形象的。

中等肤色明度的朋友，适宜的服饰明度范围很宽泛，深色、中间色、浅色都可以选择，因为肤色和哪种明度都不会形成强烈的色彩反差，都可以产生相容的感觉。肤色明度高的人士在选择色彩时的余地更大，就如在一张白色的纸上画画，任何颜色都会很和谐。浅浅的皮肤颜色不会受其他色彩的过多影响，只要符合使用某种色彩的规律(心理、事由、职务、个性)就可以游刃有余地享受和谐的色彩组合带给你的自信。

② 色相

色相 指颜色本身的具体面貌,即颜色的种类和名称。

　　人们比较容易理解色彩三要素中的明度概念,深、中、浅或偏深、偏中、偏浅基本上都会一目了然,而面对色相的辨识就会有些挑战性了。重视生活质量的人士,辨识色相的能力一般都很强。就像冯骥才先生在《巴黎,艺术至上》一书中写到的:"色彩需要很高的修养。色彩最高的要求是格调、意蕴以及和谐。""颜色表示一种品格、情感、个性"。生活中常常看到有些人身上的服饰色彩组合得十分舒服,好像不经意地就搭配在一起了,其实这是他们多年生活的积淀,是他们刻意养眼、养心后的福报。在这些让人感觉舒服的色彩背后积累了丰富的生活阅历,才会使人感觉到他们身上有一种精心设计、艺术搭配,而又漫不经心的随意外表。我们很难想象一位对生活、对自然、对艺术丝毫不感兴趣的人,在穿着品位上会得到大家的首肯。

　　可以用我们常说的偏什么色来理解色相的概念,比如你很想买到一件颜色很高级的深蓝色西服, 在柜台前, 你看到有偏紫调子的蓝西服, 有偏灰绿调子的蓝西服,也有偏黑调子的蓝西服,当几种不同色相的西服并列地放在一起时,你对蓝色中偏什么色相很容易分辨。但是在仅有一件西服的情况下,这一件西服的蓝色是否高级和准确? 你可能不会迅速地做出判断。深蓝色西服在世界上是工业界高端管理者习惯穿着的颜色,从色彩心理学的角度来看,深蓝色暗示着理智、严谨、缜密的精神状态。在上面提到的不同色相的西服中,带有偏黑感觉的蓝色是最符合这种心理感觉的(专业术语称为普蓝色)。所以,当我们单独对一种颜色进行判断时是有难度的,而将可以选择的颜色并列地放在一起,就可以帮助我们相对准确地做出选择了。

　　在辨识红、橙、黄、绿、青、蓝、紫七种颜色时,只要不是色弱或者色盲,大家几乎可以迅速地辨认出来。但是在红色里带有其他颜色的偏移，比如红中带紫、红中带黄等等不同色彩的色相，对有些朋友就是一种考验了。橙色和红色一起对比时，橙色会令人感到比较偏黄；橙色和黄色相比时，会显得偏红。这是因为橙色里面有红色和黄色的成分，在与纯粹的红色相比时，橙色中

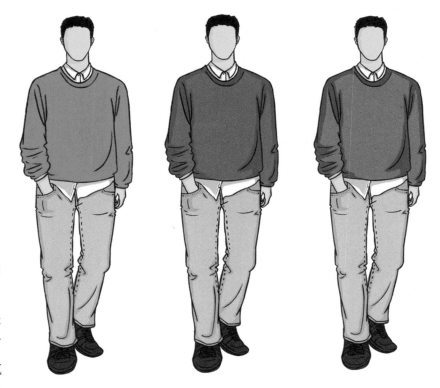

不同色相服饰

的黄色被强调了，所以会显得更黄。同理，与纯粹的黄色相比时，也就会觉得更红。

　　每个人的着装颜色都与我们的肤色明度、色相的特征有关系。我们的肤色是以黄色为主的颜色，每个人的皮肤黄的色相是不一样的。仔细观察一下，有的人的肤色黄里偏白，有的人是黄里偏粉、偏红，有的人肤色黄里带绿，有的人是黄里带褐，有的人是黄里带棕红，等等。从共性来看，肤色的色相源于肤色的明度，黄里偏白属于高明度的肤色，黄里偏粉属于中间偏高明度的肤色，黄里偏红、带绿可能是中间明度肤色，黄里带褐、带棕红属于偏低或低明度肤色。也会有一些有个性的肤色，如有的人肤色很白，但是白里有淡淡的绿；有的人属于中等明度肤色，皮肤颜色是黄中带褐。还是建议大家用几个人相互比较的方式，进行对比观察，就会知道自己肤

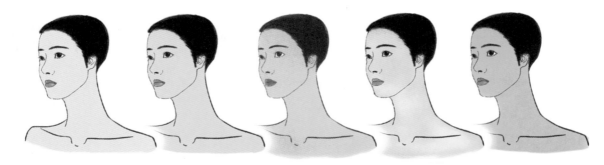

不同色相肤色

色色相的特点了。

由于色彩的色相在对比时会产生不同的感觉，我们在了解自身肤色特点的前提下，当需要决定服装颜色的具体色相时，要依据自己的肤色条件扬长避短地做出判断和选择。根据以上的理论，某些朋友属于黄中带红的肤色条件，如果穿纯粹的红色上装，肤色会显得更黄，如果穿着纯黄色的服装，肤色可能会被对比得太红。是否这种肤色条件的人就永远不可以碰红色和黄色了呢？其实可以选择在红色里面加了不同比例的黑色的酒红、樱红、石榴红色，加了不同比例的灰色的珊瑚红、鲑鱼红、虾红色，加了不同比例的白色的浅杏红、浅桃红、浅西洋红等颜色。以及在黄色里面加了不同比例的黑、白、灰色后的玉米色、象牙色、淡奶油色、枯草色、檀香色、咖啡色、栗色……看看，这些接应不暇的颜色都可以让我们去尝试。从这些颜色的叫法我们可以了解到，通俗和一般化的色彩名称都可以当做物体的色相名称，也便于给大家一种对此色彩的联想空间。在生活中，我们如果能够注意观察物体和自然的色彩，提高对色彩的敏感度，就能在职场中使你的服装的款式和色彩搭配得当，又能与自己的个性与出席事由和谐，任何场合中都会迎来欣赏你的眼光。

色彩中色阶相近的色相称为类似色相，并列在一起时会有柔和、兼容、统一的感觉，比如朱红色、橙红色、橙黄色、黄色都属于类似色相，希望有温暖感觉和融合感觉时，可以选择这种配色的方式。冬季在室外穿的服饰的颜色，用以上中的两种颜色做配色，只要比例关系处理好，一定会有暖暖和和的感觉。淡蓝色、淡蓝绿色、

淡蓝紫色、淡紫色、淡绿色给人安定、沉静、平衡的感觉,居室中书房的墙面、窗帘适合用这些颜色作为配色。

色彩中色阶相远的色相称为对比色相,并列在一起时会有强烈感、刺激感、尖锐感。比如红色和绿色,蓝色和橙色,黄色和紫色等补色。当需要表现鲜明的感觉时,可以选择对比色相的色彩做配色。比如在日常生活中想改变自己的心情时,可以运用对比色相作为服饰的色彩搭配。穿黄色连衣裙时手戴紫色、黄色两种色彩的手镯,穿绿色毛衣外套时系白底红花的小丝巾,穿天蓝色休闲上衣时内配橙色吊带小背心。这样的配色会让自己心情开朗,也会让别人觉得你具有活泼、动感和明朗的精神状态。

③ 纯度

纯度 指颜色的纯粹程度,也称饱和度。当一种颜色的色素包含量达到极限强度时, 正好发挥其色彩的固有特性。

　　在日常生活中,大家习惯将纯度高的颜色用"艳"字来形容。在形容人的时候,"艳"字的后面可加"丽"字,也可加"俗"字,一字之差可就相距万里。色彩中不加黑、白、灰的颜色一般称为纯色,着装时,纯色运用得当会给人带来活泼、眩目、振奋、欢快的感觉,可用"艳俗"这个词来形容某人身上不恰当的服饰色彩组合时,就不仅仅只是在说颜色了。

形容纯度的概念可以用高、中、低来表达,比如纯红的颜色是红色中饱和度最高的,如果中间加入了不同比例的其他颜色,饱和度就会降低。其他颜色加入的比例越大,纯度越接近无彩的颜色。在一般的职业时段中,不建议大家穿高纯度颜色的服装

不同纯度服饰

上班,因为会在色彩的心理上产生不被信任的感觉。在保守职场中工作的年轻人士,刚进入工作岗位时,如果想尽快得到同事和上级的认同感,最好尽量减少自己身上的鲜艳色彩。想进入到严肃职场中工作的年轻人,建议应聘时选择全世界称为"最佳应聘颜色"的深蓝色和银灰色组合的服饰,深蓝色暗示着理智、严谨、缜密的心理感觉,银灰色暗示着诚恳、平和、踏实的心理感觉,哪一位招聘者会将具有这种素养的人才拒之门外? 我想至少也会给你提供一次复试的机会。

纯度高的服装颜色适合在中国传统的节庆时段中运用,适合在需要改变心情和运动、休闲的时段中运用。也可以利用色彩的心理感觉在职业场合中作为工具来运用。例如在商务场合中遇到不方便说"不"的时候,可以选择一个基本上以纯红色作装饰的环境和商业对手见面,如果你是女性还可以穿着大红的上装出席,对方在红色的环境中会感到不安和焦躁,有可能对你模棱两可的态度首先拂袖而去,而你就不用说"不"了。巧妙地利用了色彩为什么也会成为商务场合中的一种韬略呢? 原因是红色在所有的颜色里光波最长,当红色的光线触及眼睛时,我们最需要调整,会显得比实际上的更近。人若处于红色的包围下心跳会加快,血压会升高,情绪会激动,还有可能做出不太理智的决定。由此我们又可以联想到,在需要理智地处理问题的办公场所,在需要舒放身心的家居环境,鲜红色的窗帘、纯红色的地毯、大红色的装饰物,会给我们带来什么样的心理感觉。

色彩学理论认为,纯度越高的颜色,色彩越鲜艳,独立性愈强,冲突性也会加强。

纯度越低,色彩会感觉朴素、典雅、安静、温和,独立性和冲突性也会越弱。我们可以依据色彩纯度的特性,在日常生活中因时制宜、因事制宜地运用色彩。如果你在某个社交场所里很需要突出自己的形象,就可以在着装上穿得炫目一些,以引起别人的注意,达到你出席某个场合时的期望值。比如开新闻发布会时,一些记者希望获得提问权就会利用这样的方法。当然,眩目不等于杂乱和俗气,简洁、大气、整体感强的装束肯定会引起新闻发布者的注意。假如不得已必须去参加一次社交应酬,你在对着装的色彩进行选择时,不妨穿着低纯度颜色的服饰,可以使自己在社交过程中自然地回避不希望的应酬。

有些职业人士平时很喜欢穿着鲜艳的服装,建议一定要把握好色彩搭配的分寸。如果穿了一件纯黄色的上衣,建议里面可以配灰蓝色、银灰色、褐绿色等低纯度色的内装,下装色彩可以在同色相中和内装的颜色有一些明度、纯度的差异。总之,纯色在整体的服饰中最好只在某一处出现。比如在深蓝色的职业装里配明黄色的衬衫,银灰色的外套里面配玫瑰红色的毛衣,米白色的夹克里配宝蓝色的高领衫。当然也要因人而异、因人而宜。如果不考虑色彩的专业性原

理,率性地在身上出现多种纯色的服饰组合,比如鲜绿色的外衣里配大红色的毛衣,下穿宝蓝色的裤装或裙装,再肩挎一个纯紫色的背包,脚踏一双明黄色的鞋,人们会以为迎面飞过来了一只彩色鹦鹉。

　　许多专业的色彩书中将色彩的三要素称为"色立体",因为大千世界中色彩的明度、色相、纯度常常不会单独存在,我们眼睛可辨识的色彩可达上千种至上万种之多(不同色感的人分辨色彩的能力不同)。以肤色为例,某位朋友的肤色属于中等明度,皮肤色相黄里带棕红,而黄的纯度偏高。于是我们对这位朋友的肤色就有了一个整体印象,这是一位皮肤有点发黄的一般肤色条件的人。以服装色为例,一件浅灰蓝色的上衣,"浅"字说明是高明度的服装,"蓝"告诉我们服装的具体色相,"灰蓝"两字又告诉我们服装是属于低纯度的。这样分析,可以让我们举一反三地专业地去辨识其他的服装颜色。而生活中可能有人会模糊地把颜色的概念表达错误,有人会把浅的颜色说成是很"亮",也有的人会把"亮"和"艳"混为一谈。"亮"一般指色彩的明度高,"艳"一般指色彩的纯度高。当我们熟悉和了解了形成"色立体"三要素的概念,就可以帮助我们迈进享受色彩和运用色彩的大门。

　　朋友们在大致了解了色彩三要素的基本概念后,更加重要的是将其灵活运用来准确判断自己的肤色特征。我们可以做一下第二个家庭作业。和几位同事或者家人在一起互相比较一下,看看自己在其中属于哪种肤色明度?皮肤颜色属于哪种具体色相?肤色中黄的纯度属于哪种成分? 对自身"形"、"色"的具体特点有准确的了解,是帮助我们做好自我形象设计的必经之路。

色彩的分类 ②1

　　我们生活在一个充满自然色彩和人工色彩的环境中，五彩缤纷、鲜艳夺目的色彩，可以增强大家在精神上、感觉上更高层次的充实感。在人们十分关注的着装色彩方面，早已不停留在单单追求时尚和流行感觉的时代了，体现出个人独特的色彩风格已成为大家趋之若鹜的目标。许多人都希望被人称为是"这一个"，而不希望被人认为是"这一群"。如何在浩瀚的色彩海洋里找到与自己最和谐的颜色，将色彩做出梳理和分类，是便于我们掌握色彩常识的重要步骤。

① 无彩色

　　无彩色即黑、白、灰三色。自然环境中的空气、水以及透明的液体和固体等都属于无彩色,黑、白、灰的单色,原本在表达着一种无感情因素的状态,而我国传统的书法和水墨画中却蕴含着超越自我、空灵无我的最高境界。黑、白、灰色的服饰在世界上常常运用在礼仪性的场合,比如一年一度的奥斯卡颁奖典礼上,如日中天的诺贝尔颁奖典礼上,金色大厅的维也纳新年音乐会上,都可以见到男士女士的礼服基本上是以黑、白、灰的颜色所构成。世界各国在举行婚礼和葬礼时,也一律选择以无彩色作为礼服的标准色彩。在平常的着装中,人们将黑、白、灰称为万能的搭配色,如果遇到不清楚用什么颜色来搭配身上的一两种色彩时,最简捷的方法就是运用无彩色了。

　　大家都知道"色即是光"的原理,在物体上全面反射的光波为白色,而黑色是一种在物体上被全面吸收的光波。依据色彩的理论,我们在选择服饰颜色时,要清楚自己的皮肤颜色是否适合经常穿着白色或者黑色的服装。不建议肤色明度偏低、面部色调不统一的朋友,同时或单独在身上出现黑、白两极明度反差大的服装颜色。白色服装在与不统一、偏暗的肤色作对比时,会反衬出肤色更晦暗、更不干净。

那么肤色暗的朋友是否就不可以碰白色了呢？其实办法有很多：可以在穿着时把握颜色的面积比例，比如深蓝色、中灰蓝色上装里配白衬衫，大的面积是深色、中间色，小的面积是白色。另外，白色本身也具有一些明度差异，我们可以不穿最高明度的白色，米白、乳白、瓷白的明度都比纯白要低一些。还可以用在颈部系一条柔和颜色的小丝巾的方法，隔离和减弱白色上衣与偏暗肤色的对比。白色的下装是夏季的"万能配"服饰，多准备几条白色的

不同质地、不同款式的裤装和裙装，让自己出行前可以少费点心思做服饰颜色的配搭。

黑色是以下几类人群喜欢选择的颜色：青少年在成长期喜欢穿黑色，是因为他们的生理发育已接近成熟，虽然他们的心智还是在成长过程之中，但是他们已不想被过多地管束。即使他们在面对一些问题时内心深处还会依赖父母和师长，在外在的表现上会觉得自己已是成年人，甚至产

生逆反的心理,黑色服饰在这时成为了他们的心理保护颜色。有些偏胖的老年人也喜欢穿黑色,他们认为黑色可以让人显得瘦一些。黑色虽然有收缩的效果,但常常穿黑色会影响老年人的心理状态。和世界上其他老年人一样,现在我国不少老年人已经开始喜欢穿色彩鲜艳的服饰,年纪越大穿得越鲜艳,心情也会越好。

职场中有些职业性的服饰颜色就是黑色,比如世界上从事与金融、法律有关工作的职业人士,服饰颜色大都是黑色。商务场合中的潜规则认为,黑色是财富的象征。也有一些职业人士在上班时只会选择黑色服装,认为穿黑色保险,容易搭配,不用太费脑筋。如果喜欢穿黑色服饰的人士肤色属于中等明度以上的,穿黑色和其他颜色都没有问题。俄国大文豪托尔斯泰笔下的安娜·卡列尼娜,在一次宴会中,就是以一袭黑色的晚礼服,配以白皙的皮肤艳惊四座,把其余穿得五彩缤纷的女士全比下去了。看来,可以穿黑色的理由不仅仅是肤色条件,优雅的气质也是其中更为重要的。

除工作需要、气质条件以外,黑色还是要有适宜的肤色条件的。肤色明度不高的人穿,会由于黑色的吸光作用使面色显得发暗和疲惫。假如工作时必须穿黑色的制服时,建议里面的衬衫选择银灰色、浅驼色、淡黄色等可以让皮肤颜色显得柔和的颜色。

灰色是色彩的中转站,衣橱里假如有不同款式的灰色服饰,搭配服装时就省事了。青年女作家陈染在《灰色是什么》一文中写道:"灰色就是不动声色,是包容大度,是一笑了之……人不到一定的(心理)年龄,不会体味灰色的价值"。一些人平时不太喜欢穿灰色,认为灰色不鲜明,没有味道。可时尚界从来就把灰色认为是最能显示高雅气质的颜色,气质不太好的人还不可能将灰色的内涵体现出来。

灰色有不同的明度和色相,肤色明度高的人士可在深灰、中灰、浅灰、冷灰、暖灰中任意挑选。肤色明度不高的人士最好选择中间灰度、浅灰和暖灰的颜色,这些颜色会将皮肤颜色衬得很柔和、明亮。男士的西服颜色大都适合选择暗灰色,方便自己出席不同的商务场所。可以同时准备几件不同深浅颜色的灰色衬衫,方便搭配领带和西服的颜色。男士在衣橱中最好准备一两条灰色领带,在最不想动脑筋的情况

下或严肃的场合中可以方便自己使用。女士服饰可以选择带有高级和柔和感觉的珍珠灰色，也可以选择带有知性和沉静感觉的银灰色。

灰色可配搭的颜色范围很广，灰色配白、配黑，或不同明暗的灰组合在一起都十分有品位。珍珠灰色与明黄色、大红色、紫色等纯色调搭配在一起，可以柔和纯色的锐度，既鲜明又动感，既优雅又柔和。与清色调中的粉红色、浅桔色、浅黄色彩配在一起，既清爽又干净，既清亮又清朗。银灰色与暗色调中的深蓝色、暗酒红色、墨绿色、暗紫色配在一起，既沉稳又典雅，既严肃又理性。世界发达国家职业人士的衣橱中，职业服饰的60%以上都是黑、白、灰、深蓝、灰蓝、褐色、驼色等色彩构成的，这些颜色之间可以任意搭配，40%

则是可以与这些颜色相配的其他色。

由此看来，职业感觉明显的色彩占服饰比例的大多数，虽然他们衣橱里的服饰件数不多，但可以组合的方式有好多种。他们的潜规则是：在购买服装时，如果不能和自己衣橱中的三件以上的服饰搭配，这件服装就不能购买。我国一直在强调勤俭节约，虽然已不是倡导"缝缝补补又三年"的时代，但自己的衣橱里拥有简洁、准确、职业性的服饰组合，是一种真正意义上的智慧的、理智的、勤俭节约的生活方式。

②　有彩色

原色 ▸ ●红、●黄、●蓝

纯色 ▸ ●●●不加黑和白的颜色

一般性色彩 ▸ ●●●清色（纯色加白色）

●●●浊色（纯色加灰色）

●●●暗色（纯色加黑色）

A.原色

原色　也可称为第一次色，按照不同比例调和，可以将所有色彩调和出来，但是红、黄、蓝三色本身是没有任何颜色可调出的。

当原色并列在一起时，是最可以表现明快、活泼、跳跃感觉的色彩，所以幼儿园里可常常看到运用原色作为房间的装饰色和服饰色。我国古代的建筑也常常利用三原色的原理，比如故宫的建筑群体就是运用三原色的典范：红墙、黄琉璃瓦，映衬在蓝天下，而宫墙外的民房一律规定为灰色。这样运用色彩进行反衬，一是为了表达皇族是至高无上的，二是灰色代表老百姓必须俯首帖耳地听话。在 200 多年以前，当时并没有进行专业色彩教育的院校，工匠们能够准确地把握颜色，是来源于对生活中自然色彩的观察和总结。现代人希望自己可以游刃有余地把握色彩的真谛，也应该认真踏实的从自然中学习。

日常生活中谁也不会一帆风顺，当遇到不如意的事情时，每个人调适心情的方式都不一样，有的人会用疯狂购物的方法来宣泄，有的人会依靠烟酒来解除郁闷。如果巧用服饰颜色再加上运动，会是最好、最健康的减压方式。可以试试身穿浅蓝色的牛仔裤、鹅黄色的上衣，系一条红白条纹或圆点的小布巾，或者再穿一件红色

的小马甲，走到户外去，做做深呼吸，看看云卷云舒、花开花落。如果再戴上随身听，听听帕尔曼为电影《辛德勒的名单》配的小提琴主题曲，或者瑞士班德瑞乐团演奏的舒缓音乐，很快就不知自己在为什么事情想不开了。三原色明快、跳跃的颜色会使我们的心情受到感染，当在服饰色中进行配搭时，则尽量不要用纯度相等、面积相等的三原色相配，这样的配色只会在马戏团小丑的服装组合中看到。

为了和大家更好地分享三原色的配搭方式，我们来对旁边的这张照片做一些赏析：这是一张20几年前我保留的照片，至今我还是很喜欢这位拍摄者智慧的拍摄创意。仔细分析：这是一张经过摆拍的照片，模特的腰线和背景色彩的分割线正好处在同一条水平线上，一般人可以抢到的竖构图照片中，同一水平线正好处于黄金分割线的几率几乎等于零，由此可以判断摄影者是将模特刻意摆在他选好的位置再进行拍摄的。除了构图是精心设计的以外，照片上的色彩构成也有十分巧妙的想法：模特身穿的服饰是由面积、比例不一样的红、黄、蓝三原色构成的，蓝色上衣的背景是黄色向日葵，黄色裙装后面是绿色的背景，拍摄者的这张作品已达到了"刻意之后的随意境界"。大家都知道，摆拍的照片一般都会留有刻意的痕迹，而这位摄影家拍的这幅作品却是浑然天成。我喜欢这张照片，是欣赏拍摄者的智慧和丰富的原创内涵。虽然已经过去几十年，看到这张照片的朋友还是和我一样喜欢照片的风格，我想这可能就叫做经典吧，流行会消失，风格永垂不朽！从一张照片的创意中我们可以学习到照片之外的东西，生活里不是没有美，而是希望大家都会拥有一双能够发现美的眼睛。

B.纯色

纯色 即不加黑和白的颜色。

冯骥才先生在他的著作中写道："文化浅显的国家爱用艳丽夺目的原色；文化深远的国家则多用中性和色差丰富的附合色。"这句话虽然是就城市建筑的颜色而言，也可以联想到人们着装的色彩风格，印证了"色彩是人类文化的温度计"的精辟总结。生活中服饰的颜色，在向大家介绍着这个城市的历史是否悠久？文化是否深厚？人们的生活是否拥有质量？

人们的着装感觉是一个城市的第一名片，比标语中的口号来得真实，是每个城市中一道流动的风景。我国江西的婺源是历史上文人辈出的地方，山青水秀环境中的婺源女人，到现在还都不施粉黛。白墙青瓦马头墙的建筑群中，婺源的治安几乎还可以做到夜不闭户。婺源的茶道曾经影响到日本的茶道，婺源茶道女的表演服装非常有品位：钴蓝色的小立领偏襟上衣，同色的两侧箱式百褶裙，黑色的围腰在正面裙装上起到非常沉静的作用。素面茶道女的头发干净地、平伏地在后脖颈处挽一个髻，一只简约的头簪斜插在髻旁。喝茶已不仅仅在味觉上得到满足，在视觉上也可赏心悦目。我曾经到过许多偏远的地方，如此会把握色彩感觉的城市非婺源莫属。

世界各国上班族的服装颜色大都纯度不高，而乡村中人们的服饰色彩普遍多

用纯色，原因是在物质生活丰富的都市里，人们关注文化的感觉，在相对偏远贫瘠的乡村中，人们需要亮丽、明快的颜色来表达自己对生活的热爱。颜色是与文化息息相关的，判断一个人或一个民族的文化内涵是否深厚，可以从他们平时运用的色彩语汇是否丰富，对色彩的观察和关心是否投入，是否愿意增进自己对色彩的欣赏和运用能力等方面了解到。在色彩设计界，常常运用纯色和其他颜色造成鲜明、炫目的组合。商业社会中的大型广告牌、商店的店名，为引起人们的注意，大都运用最闯色的色彩设计手段，比如在深蓝色底上配纯橙红色文字，在暗紫色底上配纯黄色文字，在浅粉色底上配中绿色文字。这些互补和对比非常独特的颜色，若在人们的服饰上组合出现会带有明显的异国情调，可以让性格开朗、外向的朋友在休闲的时候过把瘾。

服饰中不同部位的颜色运用一定要有艺术格调，都是纯色的色彩切记不要在身上同时出现，红裤绿袄代表的历史和地区感觉已即将消失。有品位的人士已巧用纯色和其他颜色组合，让自己的气质与众不同。不少人懂得，在高纯度的颜色中若加入白色，明度会提高，而纯度会降低；加入黑色，则明度会降低，纯度也会降低；加入灰色，明度会产生或高或低的变化，纯度会变为浊色。依据色彩的原理，具有穿着品位的人士会在自己的服饰配色中巧妙搭配。比如夏季里，一位女士身着灰橄榄绿色的连衣裙，肩背一个鲜红色的大挎包，足穿一双平底、细带的红色皮凉鞋。大面积灰橄榄色的低纯度颜色将鲜红色挎包的色彩变得不太炫目，反而让人感觉这位女性具有艺术气质和审美品位不俗。

C.一般性色彩

一般性色彩又分为三种：清色、浊色和暗色。下面我们来共同分享。

清色 清色即在纯色的基础上加入白色。在红、橙、黄、绿、青、蓝、紫色中加了不同比例的白色后，色彩的明度都会有不同比例的提高，高明度的清色会使人感到清爽和干净。大家都习惯在夏季里穿着感觉凉爽的服饰颜色，比如米色、淡蓝、浅绿、淡紫、浅灰粉、淡黄色等。炎热的季节里假设穿着深色的服饰，会让大家有更加烦躁、溽暑的感觉。色彩里有偏冷的清色和偏暖的清色之分，蓝、绿、紫中加了白色的颜色属于偏冷的清色，红、橙、黄中加了白色的颜色属于偏暖的清色。偏冷的清色服饰比偏暖的清色服饰，在夏季里会感觉更加凉爽一些。肤色明度偏高的男士和女士更适合穿着冷色的清色调服饰，其他肤色条件的人士，可选择在冷色或暖色的清色调中加入一点灰色的服饰颜色，称为清浊色调的服装色，与皮肤颜色相配时会感觉既清爽又柔和。

现在时新男人穿粉色的服饰。传统的观念认为，喜欢打粉色领

带、穿粉色衬衫的男士,在性别取向中会比一般人特殊一些。而当下性别取向正常的男人也纷纷选择粉色服饰穿着,其原因是:粉色调柔和的感觉可以舒缓人紧张的心理状态,在激烈竞争的社会中可以让男人们的心情放松。所以说,红色里加了大量白色的粉色,在当今大行其道是有其现实原因的。现在不单流行粉色,其他的清色调如粉蓝、粉绿、粉紫也很受不少时尚男人的青睐。男士的肤色明度如果偏暗,建议选择淡灰粉色、浅灰橙色、淡灰蓝色、浅灰绿色等清浊色调,作为凉爽季节的服饰颜色,不加灰度的清色调会使原本不明亮的肤色显得更灰暗。

除夏季之外的其他季节里,清色调也可以配搭浊色调或者暗色调,比如淡黄色和灰红豆色的组合,浅粉色和海军蓝色的组合等,都是很有味道的色彩组合。清色调和无彩色的任意一种颜色组合在一起,也是服饰颜色常常运用的配搭方式:粉色和黑色组合会有既神秘又性感的味道,浅黄色和银灰色组合会给人留下柔和、高雅的印象,淡蓝色和白色组合让人觉得既清爽又干净。

在考虑色彩的组合关系时,一定要注意到服饰面积的大小不同,同等面积的配色在穿着时会显得人的配搭水平不高。身材偏胖的人可以把外衣处理成暗色或浊色,内衣是清色。苗条的人适合外面穿清色调的服饰,里面穿暗色或浊色的服饰。肤色明度高的人,可以把明度高或低的颜色放在大的服饰面积中,任意选择的余地较大。肤色明度低的人,最好把浅的清色调在小面积的服饰中使用,防止高于肤色明度的浅色对肤色做出反衬。

浊色　浊色即在纯色的基础上加入灰色。国外在做色彩的意向调查时,发现对带有灰色的浊色调,不同的人群有着不同的感觉:年轻人中大部分认为浊色调过于朴素,易让人产生低沉、寂寞、悲哀、颓丧的联想。在成年人中,尤其在都市人群中,感觉浊色是一种不易引起别人注意的色彩,反而让人觉得有高贵、知性、高格调的城市感觉。在人群中,穿着品位高的人士,服装颜色中一定会有浊色调的色彩作为组合。浊色由于加了不同比例的灰色,显得十分含蓄,属于中性颜色。

文化和历史悠远的国度常会选择浊色作为建筑的主要颜色,在绿茵和红花的反衬中,这样的城市会有大气、沉静和经典的感觉。浮躁和过于商业化的现代都市中,浊色调作为建筑和城市景观色的几率已越来越少。五光十色、艳丽缤纷的建筑色、广告色、霓虹灯色,不断争奇斗艳地把人们的心绪搅乱。我国各地在发展中和建设进程中,城市颜色是一个很值得思考的问题。良好的城市规划会带来不断的投资和旅游收益,而丢失了民族、民俗传统,没有根的所谓现代化建设,只会带来同质化的城市景观。一个城市如果割裂了自己的历史和文化,这个城市就不会存在对内和对外的吸引力。

现在到不同的都市出差,看见改革开放

初期代表刚刚富裕起来景象的马赛克式建筑已经不再修建了，各个城市又蜂拥而起地修建同样形式的钢结构、玻璃墙高楼大厦，建筑图纸好像都从一个建筑师那里得来。冯骥才先生在《思想者独行》一书中，已不再像在《巴黎，艺术至上》一书中那样循循善诱地引导我们去感悟美、发现美，而是急不可耐地振臂疾呼了，他对我国在城市建设和旅游开发时，每个城市中的历史建筑遇到的第一次和第二次的摧残痛心疾首，极为愤怒：第一次是大量地推倒，第二次是用俗不可耐的色彩修建所谓的"历史旅游景观"，几乎把作为传统文化和历史载体的古建筑扫荡无存。他甚至自己写书、作画筹集资金，建立对历史建筑和民俗进行保护的机构，冯先生的社会责任感、历史责任感一直让我无限敬仰。

北京第一次申奥的时候，北京市政府在全国各城市中率先发布了市色。决定北京市的城市颜色是：以灰色调为主的复合色。记得当时大街小巷纷纷在粉刷建筑的外体，有的朋友从网络上看到，北京市有好几千人强烈反对北京市决定的市色，认为怎么能把伟大首都变为灰色了呢。境外一些网络反馈则认为，这些持反对意见的人为什么不懂得色彩的最基本常识，北京市政府并没有决定将城市变灰，以灰色调为主的复合色不是灰色，而是在红、橙、黄、绿、青、紫等颜色里加入不同比例灰色的浊色调，浊色的北京城市颜色仍然还是呈现出大气、辉煌的文化古都的风貌。

暗色　在纯色里加黑的颜色为暗色，暗色会给人带来严肃、稳重、庄严、权威的感觉。世界各国的首脑在出席高规格的外事活动时，几乎一律穿着暗色的服饰。在保守职场工作的管理者在参加重要的社交活动时，也以暗色的服装颜色为首选。暗色的服饰颜色有普蓝色、钢灰色、墨绿色、暗枣红色、炭灰色、深咖啡色、暗葡萄紫色等等，和不同明度的其他色彩配搭在一起会产生不同的效果：暗色和高明度的颜色组合，会有鲜明、强烈的感觉，比如暗酒红色配米驼色，深蓝色配浅黄色，炭灰色配浅粉色等；和中等明度的色彩组合有相对柔和、朴素的感觉，比如用暗葡萄紫色配中褐绿色，用墨绿色配灰红豆沙色，用钢灰色配肉桂色等。有些职业人士觉得在工作时穿着的服装颜色很单调，其实只要符合职业环境所需要的严谨、专心的工作状态，职业服饰的颜色可以配搭得很舒服、和谐，让同事们看上去赏心悦目，自己也觉得很自信。

色彩原理中提到，浅的颜色是膨胀、前进、外向的，深的颜色是收缩、后退、内向的。在利用服饰扬长避短修饰自己身材体态时，借用色彩的原理可以达到我们希望的目标。比如个子不高的男士或者女士穿衣时，最好采用上装是低明度、小面积，下装是高明度、大面积的配搭方法。比如上装是深蓝色的羊绒衫，下装穿灰橙红色的薄呢长裙，人的整体状态会显得是挺拔和向上延伸的。

东方人的整体比例和西方人相比较，下身的长度不如西方人的条件好。不少职业男士喜欢穿深色的裤装，而上身是浅色的衬衫或外衣，会让人有上身长、下身短的感觉。如果希望调节上下身的比例，建议尽量在上身穿中间明度、低明度的颜色的服装，下身穿中间偏高明度或高明度颜色的裤装。比如上身穿暗酒红色、灰蓝色、深蓝色、炭灰色、墨绿色的马球衫，配搭卡其色、灰米驼色、灰褐绿色、浅灰蓝色等的裤装，再系一条休闲的铜扣牛皮带，不但会有身体向上延伸的感觉，还会显得很有男人的气质。

一些职业场所中看到，有些办公室的装饰使用暗色太多，比如在天花板上设计有深色的木质梁，室内的办公桌、沙发、书柜等都是暗色调。这种暗色还常常用在高层管理者的办公室内。可能设计者的初衷是想增加领导者的权威感、分量感，可是现在的楼层都不太高，天花板上深色的装饰会有压缩的感觉，房间里过多的暗色布置也会显得不开阔。在这种办公环境里长期工作，假如遇到一些棘手的工作问题，管理者的心理状态一定会更加焦躁和压抑。暗色的装饰的确可以具有大气、庄严、稳重的感觉，但一定要以开阔的空间为前提来实现。

③ 独立色

独立色 带有金属味道和矿质味道的颜色,比如金色、银色、铜色等。

在服饰上运用独立色能起到画龙点睛的作用,经常适合在晚间、礼仪性社交场所的服饰上出现。带有闪烁光泽的装

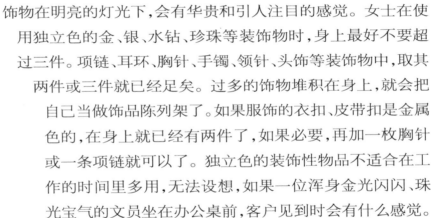

饰物在明亮的灯光下,会有华贵和引人注目的感觉。女士在使用独立色的金、银、水钻、珍珠等装饰物时,身上最好不要超过三件。项链、耳环、胸针、手镯、领针、头饰等装饰物中,取其两件或三件就已经足矣。过多的饰物堆积在身上,就会把自己当做饰品陈列架了。如果服饰的衣扣、皮带扣是金属色的,在身上就已经有两件了,如果必要,再加一枚胸针或一条项链就可以了。独立色的装饰性物品不适合在工作的时间里多用,无法设想,如果一位浑身金光闪闪、珠光宝气的文员坐在办公桌前,客户见到时会有什么感觉。

现在有些小规模的服装企业喜欢生产带闪闪发光塑料片的服装,在毛衣上、衬衫上、裤装上、针织衫上缀上许多小亮片,这样的服装最好在休闲的时间里穿着,在办公室里出现会使人感觉很浅薄和俗气。甚至某些纺织企业还会在服装的面料里织进金线、银线等独立色。在男士的领带上也有使用加了独立色的织物和亮钻的装饰,这样的领带当在商务场所中穿戴时,会给人留下暴发户的感觉。由于在商务场所出席的时间、事由不同,建议白天洽谈工作时,男士的领带选择面料略微吸光的质地和简洁

的图案。在晚间参加商务应酬时,最好将事先在公文包里准备的有光泽感的领带系上,略带光泽的领带暗示着你对社交场所的其他人以及自己的尊重。男士在公务时间里穿的皮鞋上尽量少出现金属的装饰物,鞋上闪闪发光的小装饰会暗示出男士着装品位方面的问题。有个别男士关心领带夹具体应该加在衬衫的哪颗扣子附近,现在已很少有男士夹领带夹,尤其使用缀有亮钻的领带夹会让人感觉太刻意了。有一定规格的商务礼仪场所中,有的男士会喜欢用袖扣,可以体现出男士的经典和优雅。袖扣的材质以独立色为主,金质、银质、钻质、珠贝质地、珐琅质地等袖扣是常在商务场中使用的,而皮质、木质、陶质等材质的袖扣,属于时尚界人士突显个性的设计风格,不建议在正式的社交场合中使用。

　　女士们穿着的时装鞋中,有的会有独立色的设计,在不同的鞋面上会有着不同颜色的光泽,这些装饰性较强的鞋是为了配搭装饰性强的礼服类服装而设计的,不能在公务场所穿着。有些时装鞋上面还缀有不同形式的亮钻,这种款式的鞋也只适合在晚间、礼仪性的场合中穿着,而在办公室里穿这种鞋会让人感觉很奇怪。尤其到境外去出差时要注意这些着装上的潜规则,让外国人来提醒我们有时会伤自尊的。我国某地区的法律界团体在外国的法庭内参观交流时,某位外国同行一直拉着团内一位着裙装的女士说话,那位女士的外语不太好,以为她是在称赞自己,就不断地说"谢谢",后来听出来对方是在说"晚会"的单词,才意识到当天在法庭里穿的装饰性过强的服饰与工作环境太不和谐了。

色彩的运用 **31**

① 互补色的运用

红——绿　蓝——橙　黄——紫

　　三原色中的一原色与其他两原色混合而成的间色
之关系,即互为补色的关系。

　　我们在平常的生活中经常可以感受到补色的作
用。花园里,当看到一大片红花时,不会觉得红花有多
红,而在一大片绿茵中仅有的几簇红花,会让我们感觉特
别红艳。人们在生活中常常会利用互补色最明显的色性,即同
时以互补关系并列时的色彩会使人感觉十分强烈,来作
为需要明确、刻意强调的物体的颜色。 比如轮船上的
救生衣、救生圈的颜色一律为鲜明的橙色,是因为在蓝
色的大海中只有强烈的互补色彩可以让人发现。所
以,我们绝不会看到有使用紫色或绿色的救生用具的。
一些国家的海鲜柜里,商贩将绿色的竹叶铺在海鲜的下
面,用绿色的蔬菜围在周边,使海鲜看上去更新鲜。卖蔬菜

的摊上，黄色的柿子椒、番茄的对角线摆着紫色的茄子、紫心菜，互补色方式的摆放使蔬菜更加引人注目。在医院的手术室里，床单和墙面的颜色几乎都是以绿色为主，也是利用补色的原理，医生长时间注视鲜红的血液颜色会使眼睛疲劳，而绿色可以给眼睛带来视觉的补偿效果。

大家还可以做一个小小的实验：在黄昏时间，眼睛看落日十几秒钟，然后闭上眼睛，发现视网膜中会感觉到有绿色的太阳。大家也曾有过这样的感觉：在炎炎的太阳下呆了不少时间，一进室内会觉得楼道里是绿荫荫的。这些感觉都是属于保护我们眼睛的视残留现象。有一句专业的话：颜色是被感觉出来的。当光线进入眼睛在视网膜感光，这种刺激由视神经传到左右大脑的视觉中枢，在视觉中枢引起视神经兴奋的中和作用，因此会感觉到物体的颜色。

我们依据色彩的补色原理，可以了解到：肤色色相偏红的朋友是不适合穿纯绿色的上衣的，否则会反衬得脸色像着火了似的红；肤色中黄的纯度比较高的朋友也要尽量避免穿纯紫色的上装，不然也会因色彩的互补原理，使皮肤颜色黄得像黄疸肝炎患者一样；和红色、黄色相对的宝蓝色、蓝绿色、蓝紫色等纯色的服饰也要尽量避免穿着，都会相对地产生和皮肤颜色反衬的作用。

　　有些朋友很想穿出一些独特的个性风格来，可以在身上做一些互补色的服装颜色配搭。比如个性清朗、肤色明度高、肤色色相白中偏红的男士穿着深灰色西服时，可选择浅黄色衬衫，系戴暗紫色、浅灰色图案相加的领带；个性干练、中间肤色明度或者偏低肤色明度、肤色色相黄中偏棕的男士，穿着暗红色夹克衫时，可以配浅灰褐绿色的衬衫、灰驼色的裤装；个性洒脱、肤色明度高、肤色色相黄中偏粉的女性，可以尝试穿着灰柿红色调的套装，镶苔绿色细边，下配灰麦色的凉鞋；个性清雅、肤色属于中等明度、色相黄中偏褐的女士，在秋冬季节可以穿着暗酒红色高领羊绒衫，配搭灰驼绿色的裤装，外搭灰鸽色的薄呢大衣。生活中我们只要了解一些互补色的常识，选择服饰颜色时依据自身的条件，就一定可以在着装品位上体现独树一帜的个性风格。

② 对比色的运用

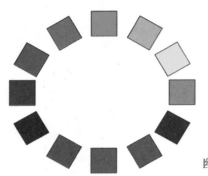

在色调中可以看出对比性关系的颜色。如冷色和暖色同时并列的关系,深色和浅色同时并列的关系,灰色调和鲜色调同时并列的关系等。多用在冷暖色的对比关系上。

冷色指带有蓝、绿、紫色调的颜色,暖色指带有红、黄、橙色调的颜色。蓝、绿、紫色使我们联想到清幽的森林、静谧的月夜、冰冷的湖面,而红、黄、橙色使我们联想到炽热的太阳、温暖的灯光、成熟的麦田。因此在一些地方也称为寒色和热色。对比色和互补色在同时并列时,都会让人产生跳跃、鲜艳、明快的心理感觉,只是互补色显得更加强烈。

色彩环中,通过色环圆心的直径两端或较远位置的对比色,在日常生活中是常常被应用的颜色组合,比如蓝色和黄色的组合,在注重时尚的法国,这个组合几乎成为他们的国家颜色,在公共场所和人们的着装中都可以看到。我觉得这种颜色其实非常适合东方人的皮肤颜色,只要把蓝色和黄色在服装上运用时的面积、纯度、明度、色相的关系处理好后,就会产生和黄皮肤人种十分和谐的色彩感觉。广告业界做设计时,希望广告的标识十分醒目,几乎都是运用互补色或对比色组合。比如在深蓝色底上用鲜黄色的字体或图案,在浅草绿色的底上用大红颜色作文字颜色等。职场人士的着装颜色,如果运用对比色的组合方式会显得人十分精神、干练,比如穿着深蓝色、暗灰蓝色西服时,在白衬衫或浅灰蓝衬衫上配一条呈对比关系的灰褐红色、暗酒红色、暖茶色或驼黄色领带,会在众人之中脱颖而出。

世界上工业界的人士的服饰运用得最多的是深蓝色,可体现出拥有严谨、缜密、条理性的感觉,可以和许多种颜色配搭。深蓝色配白色、米白色、银灰色、浅黄色、明黄色、乳黄色、浅灰蓝色、中灰蓝色、淡灰粉色、驼色、米驼色等等,适合配搭的颜色很宽泛,甚至可以将深蓝色当做黑色来用,几乎能起到"万能配"的作用。在职场中拥有一两件深蓝色、深灰蓝色职业装,既可体现职业风范,又方便了着装的配色。商务场中需要引起其他人注意时,多用互补色、对比色的配色组合。在不得不参加的应酬时间里,则可以选择同类色的颜色组合,可以使自己在人群中不太显眼。

③ 同类色的运用

　　同一色系中分别以不同明度、纯度和色相的颜色并列在一起时，会产生同一性、统一性和类似性的感觉。

　　冷色系中的浅灰蓝、深蓝色同时并列，墨绿色、草绿色同时并列，浅藕荷色、暗紫色同时并列；暖色系中的淡黄色、金茶色同时并列，浅杏色、朱砂色同时并列，浅桃色、暗洋红色同时并列；无彩色系中的浅灰色、中灰色、暗灰色并列在一起，都属于同类色的配色方式。假设属于活泼的色调并列在一起，色彩都会带有活泼的共同特性，表演时穿的舞

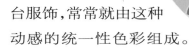

台服饰，常常就由这种动感的统一性色彩组成。

婴儿的服饰、玩具、房间布置的颜色都会带有浅淡的粉彩调子，使孩子处于安静、柔和的环境中。带有古老味道的建筑色、家具色、服饰色，由于大多是偏暗色调和暗色调的色彩组合，会给人留下历史感和沧桑感的印象。

　　生活中人们最简单、最容易做到的配色就是同类色的组合，在同一种色系中的深、中、浅不同明度的服饰色彩搭配，清、浊、暗等不同纯度的服饰色组合，大家都不会遇到太多的问题。我们在这方面要把握的是如何更加准确地选择和使用同类色。同类色分冷色和暖色系等，不建议肤色明度高的人士穿着

暖色调的、相近明度、相近纯度的服饰组合。比如在浅土黄色外衣里穿淡黄色内衣，下穿黄驼色裤装的配色组合，不论出现在男性还是女性的身上，都会使皮肤颜色淡淡的人和衣服闷闷的颜色浑沌一片，尤其对原本五官长得就有点眉目不清的人士，更加会显得面部不清晰了。

北欧人的皮肤颜色就属于明度较高，与面部五官颜色的反差不太鲜明的。他们日常的服饰颜色往往比较鲜艳、明快、反差大。在冬季时间较长的北欧，人们如果穿的都是灰灰的颜色，不但人的心情会受自己整体服饰色彩的影响，人的外在形象看上去也会很闷。我国的西藏很多地方终年积雪覆盖，自然界的颜色以白色为主，可是藏民的服饰颜色、建筑颜色却是非常快乐和鲜明，内地游人进藏后都会惊叹藏族同胞用色的大胆。肤色明度高的人士在我国的人群比例中属于极少数，其中有些人不了解自己的肤色属于极易配色的天然条件，很遗憾地常常从众地穿着棕色、黄色、米色等相互搭配的服饰，对那些很适合高明度肤色人士穿着的宝蓝色、天蓝色、鹅黄色、玫瑰色却一点都不敢尝试。在追求个性的时代，皮肤颜色偏白的人士，大胆地为自己秀一把，体现自己的独特风格吧。

在商务场合中，有时我们不得不参加一些应酬，如果你不想在这次的社交场所里被人过多地注意，就可以穿着冷色调或者暖色调的同类色服饰出席。比如男士身着深灰蓝色西服、浅灰蓝色衬衫，系中灰蓝色领带。女士身着浅驼色西服上衣、灰褐色衬衫、灰米色裤子。在其他以对比色、互补色为主要服饰颜色的人群中，你的服饰

颜色中规中矩,就可以达到你不想出风头的目的了。

在大家经常生活的办公场所和家居环境中,也最好依据色彩的特性来做到符合自己的生存感觉的需要。在需要安静的休息场所里,房间尽可能地用同类色装饰,使人们在这样的色彩环境中有舒适、安逸的感觉。比如试试用浅灰茶绿色做墙面颜色,用淡灰鹅黄色做天花板的颜色,地面颜色可选灰鸽色,配上暗墨绿颜色或灰褐绿色的沙发或窗帘色,在这样的色彩环境里谁都会放松自在,迅速地进入梦乡。在需要工作和接待客人的环境中可以适当地用互补色、对比色做装饰设计,使人可以积极地、专注地参与到事物中去。比如用暗蓝灰色做墙面颜色,用浅黄色做天花板颜色,地面颜色为暗灰褐色,桌椅、书柜等为橡木色,门窗颜色用米白色,在这样的色彩环境中,谁也不会有慵懒的感觉的。

形象中的不和谐因素 4 1

　　良好的职场形象是与每个人自身的"形"与"色"的特质为基础的,每个人只能在保持自己的特质的前提下去争取达到和谐、得体的整体感觉。"形"和"色"是不可单独分开来判断的,在每个人的身上是紧密、相互关联地存在着的,由此综合地发生作用, 使人对你的整体形象产生认同感或排斥感, 并可能对你的职业生涯产生影响。以上的章节中已经分别与大家分享了有关"形"和"色"方面的有关内容,对于平时工作繁忙的职业人士来说,了解起来可能还是会费些时间。下面,我把在职场和生活中,大家容易忽略的一些形象中的不和谐因素梳理出来,也是对前面内容的要点做一个综合性的总结。朋友们只要理解了这部分的内容,并付诸于行动,每位职业人士的整体形象都会产生良好的变化的。

① 服饰的面积比例

黄金分割律 1:0.618 是一种简单的把握面积比例的最佳方法。服饰穿着的面积比例,不应仅仅理解为形的比例关系,比如上下身着装的比例,是上长下短还是上短下长,还应该同时体现在服饰颜色的比例关系中。依据自身体态的特点,在色彩的明度关系上是采取上浅下深、还是上深下浅的颜色选择,或者是外深内浅还是外浅内深的颜色关系,一定要与身体"形"的特点综合起来作为判断条件,以方便自己更加明确地对自身形象做出扬长避短的修饰。

在普通的职业时间中,男士不必要全身穿着成套的西服上班,可以将几套不同颜色的西服上衣和下装的颜色错开来穿,也可以选择用质量好的卡其布裤配搭西服上装的方法,不见得一定是西裤才可以配西服。如果是属于下身长度不太理想的身材,千万不要选择上浅下深、上长下短的颜色和比例的配搭方式,以免由于颜色的收缩感显得腿部更短。

服饰的里、外、上、下的色彩搭配中,色相也存在着需要考虑面积的比例关系。若想显得简洁、干练、利落,可以选择小面积和大面积的相远色相作为色彩的配搭关系,比如女士的上衣为深紫红色、内衣为浅灰驼色、下装为中灰驼色。想显得柔和、温雅一些,可以选择相近色相的配搭,比如薰衣草色的连衣裙外配搭暗紫色的短外衣,这样的颜色配搭都一定要在面积比例关系和谐的基础上来进行。服饰配搭时的纯度色彩关系也需要考虑到面积比例的不同,比如男士选择了一件低纯度的灰褐绿色夹克,内配一件纯度较高的明黄色针织衫,下穿一条中等纯度的驼黄色的卡其布裤,由于比例与色彩适中会让人觉得十分和谐。

② 服饰的明度搭配

在一般情况下,全身的服饰中最好不要出现相同明度的颜色,比如里、外、上、下都是深色、中间色或是浅色。将服饰颜色的明度适当拉开,会在身上服饰的颜色中产生韵律和节奏,否则会让人感觉沉闷和死板。

男士穿着西服时,假若西服是深色,衬衫一般都会是浅色,领带可以在偏深色、中间色或偏浅的色彩中选择。比如西服为黑色、深蓝色、暗灰色,衬衫为白色、浅蓝色、浅灰色,领带可以选择暗酒红色、灰蓝色、浅灰黄色。当西服是中间色时,衬衫可以选择偏深色、深色或偏浅色、浅色,领带只要与西服和衬衫的颜色明度拉开就会和谐。比如西服为中灰色、灰蓝色、灰栗色,衬衫可以是暗灰色、深蓝色、米色、白色,领带可系浅灰色、浅灰蓝色、灰褐黄色、赭红色等。西服是浅色的情况下,可以穿深色的衬衫打中间色的领带,也可以选中间色的衬衫打深色的领带。比如西服颜色为浅灰色、浅米色、浅灰蓝色,衬衫颜色可选择深灰色、暗褐色、深蓝色、中灰蓝色、中灰色、中灰褐色,领带颜色可为中灰色、中灰蓝色、中灰褐色、暗褐色、深红色、深蓝色等。

女士的身材若有些胖,可以选择外衣深内衣浅,或外衣是中间色内衣选浅色的色彩明度配搭方法。比如外衣为暗紫红色、墨绿色、深蓝色、薰衣草色、中灰蓝色、灰珊瑚红色,内衣为浅米色、浅豆沙绿色、浅灰粉色、淡黄色、淡紫色、淡蓝色。希望显得丰满些的女士可以选择外衣浅内衣深,或外衣中间

颜色、内衣中间偏深色的配搭方法。比如外衣为浅灰色、浅灰粉色、浅灰黄色、米色、奶白色,内衣为红豆沙色、灰蓝色、秋香色、褐色、灰紫色等。

　　除了对颜色的和谐搭配关系的把握之外,更重要的是和每个人的气质、职位和出席事由相适宜,而不能只考虑色与色之间的单纯色彩关系。

③　服饰的纯度搭配

　　在穿着不等面积服饰的前提下,不同明度、不同纯度的搭配也是达到和谐形象的要点。服饰颜色有高纯度、中间纯度、低纯度等不同的区别,全身若是穿着同一纯度的服饰颜色,也会让人产生缺乏韵律和节奏的印象。当全身服饰的里、外、上、下都是高纯度的、过艳的服装颜色时,人们一定以为是穿了在舞台上表演的服饰在生活中出现,会让人感到不协调。

　　假若实在喜欢高纯度的服饰颜色, 建议服饰中的某一部分是艳的颜色, 其余的服饰颜色一定要将纯度降下来。比如女性穿一件纯度较高的橙色内衣,最好配一件低纯度的灰色外衣,下穿浅灰褐色的裤装,看起来才不会感到艳俗。全身若是穿着中间纯度的、带有同样灰度的服饰颜色时,就会给人混沌、沉闷和毫无生气的印象。比如男士穿着的是中灰色的西服,可以选择米白色的衬衫,再系带一条纯度较高的紫红色领带,会给人留下既精神、又儒雅的印象。全身若是穿着低纯度的、相近的浅浅的服饰颜色时，由于没有相对的反差，会使人觉得过于素气、过于洁净而产生距离感。年轻女性可以在浅黄色的戴帽外衣里配宝蓝色的小吊带背心，下穿一件米白色的裤装或裙装，看上去既可爱，又洁净。

　　生活中在配搭服饰颜色时，一定要事先考虑到面积、明度、纯度几个最好不相等的关系，不见得将颜色反差拉得很大，只要有合理的区别，就会让人看上去舒服。我们如果养成每天晚上用几分钟来做一做功课的习惯，想想明天的工作事由、生活安排、出席场合和季节的因素，把衣服和其他配饰准备好，天长日久你就会具有不俗的审美能力了。

④　形象中的形式感与形式感间的关系

　　在人们的整体形象中，要防止在不同位置上出现形式感过于相近的问题。发型和面形的关系中就常会看到这类问题，有的人的面形属于长的"由"字形，可是发型选择了一种上面收拢、下面蓬松的发型，给人的感觉是在上面窄、下面宽的脸庞外又套了一个更大的"由"字形状，让头部有下降的感觉。有的人的面形属于"田"字形，可偏偏留了一种简单的齐耳短发，像是在一个方的物体外又套上一个更大的、更方的物体。

　　简单的建议是：要尽量选择"形破形"的方式，不要

选择"形套形"的办法。"由"字形的脸形可以考虑"甲"字形的发型，利用上大下小的关系来帮助调整脸形。"田"字形的脸形，可以利用不对称和动感的发型来破掉过于"板"的感觉。

有的朋友原本属于圆的脸形，可是穿了一件圆领的外套，又穿一件圆领内衣，再戴了一串短短的圆项链，在圆脸的下面横向地重复出现了好几条圆圆的线条，圆圆的脸本来看上去还很可爱，可是让几条圆线条一强调，就有点圆得过分了。有的朋友脸形偏长，穿了一件窄长的 V 领型晚礼服，再戴一串长珍珠项链，又过于强化了延伸的形式感。看来应该注意，当一种形状的形式感过于突出时，建议用其他形状来改变印象。人们在自己的身上，最好不要无意识地强化遗憾之处。

⑤　简洁的色彩搭配

穿着有品位的人都知道，在自己的身上应该表达"色不过三"的配色原则。尤其东方人的头身比例，不足以让自己的身上承载过多的颜色，否则会将身体的比例关系显得横向、杂乱和压缩。我们可以审视一下自己服饰颜色的配搭关系，自己身上的服装里、外、上、下是否会被数出七、八种颜色，其实大家谁也不愿意被人看做颜色调色盘。

现在大家都慢慢认同：对于东方人的身材条件而言，简约是最适合我们的风格。有不

少的朋友已经会在自己整体的着装方面注意搭配关系了，但是细节决定品质，我们还要进一步在自己细节的地方更考究地注意品位和质量。自己的服饰中最好出现一些好似不经意的呼应点。

比如女士们要注意除服装以外的小围巾、腰带、包、鞋、表带、手镯、袜子等细节之间的呼应，颜色与款式都尽量选择简约的感觉。男士们要注意包、鞋、手表等细节的呼应关系。在服装的配色中出现的第三种颜色，最好只在黑、白、灰色中去寻找搭配关系。假设非要出现第三种有彩色，建议在身上已有的色调里，再搭配有着纯度或明度变化的颜色，而不要出现第三种明显的有彩色。例如一位男士身着豆沙红色的夹克衫，内穿暗墨绿色的针织衫，下穿灰褐绿色的裤装，大家看见这样穿着的人，会认为这是一位很有朝气的都市人。如果这位男士的其他服饰颜色不变，仅把裤装的颜色改变为宝蓝色，男士的身上同时出现三种明显的有彩色，大家对这位男士的整体印象就会比对刚才的那一位男士差很多。大家在打理自己日常的服饰时，一定记住身上"色不过三"的概念。

⑥ 服饰图案的选择

不少朋友平时喜欢穿带图案的服装，圆点、条纹、花色、格子、人字呢等等都是属于装饰性的图案。建议大家一定不要把图案在自己的身上罗列起来，比如一位女士在冬季外穿一件大方格的外套，内穿一件花毛衣，下穿一条条纹裤，再围一条大花

围巾,这位女士的穿着品位就可见一斑了。

图案在服饰中的确可以起到画龙点睛的作用，或动感、活泼，或含蓄、柔和，或优雅、高贵。但是于东方人而言最好走简约路线，身上的服饰中图案最好只在一处出现。由于设计的原因一定要在多处出现时,应该很好地把握面积和呼应的关系。比如穿一件内衬是格呢的短大衣,可以手拎一个相似格子的手提包,就产生了面积的变化和图案的呼应关系,会显得很有整体感。再比如女士的外衣是非常时尚的大花图案,建议一定要选择外衣花色中的某种主要颜色作为内衣的单色色彩,考究的女士一般会选择外衣花色中纯度低的颜色做内衣的颜色,否则若选择纯度高的艳色作为内衣色,整个人会显得花团锦簇。男士穿西服时,西服面料若有人字呢、条纹、格子等图案,衬衫和领带最好是单色。衬衫若有格子、条纹等图案,西服和领带最好选择单色。领带若选择了有图案的,西服和衬衫最好是单色。虽然世界上有不少穿着西服时两处和三处都有图案的搭配方式,但这些配色方法对普通人来讲太特别,不易掌握,繁忙的上班族还是掌握最方便的,才是最准确的。

色彩的心理与实用51

　　每种颜色都集中在身体的特定部位,会引起特定的生理反应,同时产生心理反应。我们大家都有这种体验:萧瑟的冬天,万物的颜色显得渐渐单调的时候,我们的心情也会容易感到寂寞或忧郁。万物复苏的春天,青青绿草和姹紫嫣红的色彩环境中,踏青者的心情会是格外的愉悦。色彩在心理上的影响是相当科学、真实的,是可以用来改变自己的心情并解读他人心情的一种工具。

　　生活中我们经常可以遇到这样的朋友:当他春风得意的时候,身上的服饰颜色会穿得格外的鲜明;而当他遇到不如意的事情时,服饰颜色也会随之变化,让人感觉灰暗、沉闷。大家都希望做到宠辱不惊,谁的人生都不会一帆风顺,明智的人会在得意时刻意用沉稳的服饰颜色来提示自己不事张扬,在失意时恰恰会穿得光鲜些提醒自己不必颓丧。

　　人们对于色彩的了解和运用,有来自先天的悟性,也有来自后天的培养。大多数人对颜色的细微变化都有极为敏感的反应,自然界其实一直不断地用颜色在提示我们对待生活的态度。比如当食物不新鲜时,颜色就会有变化,从清亮、润泽的颜色变为晦暗、枯萎的颜色。大家已经习惯从色彩的变化中来健康地生活,只是有些人会对自然界中颜色的变化更为敏感,有些人虽然身处大自然中却熟视无睹。色彩属于大自然与我们的一种沟通方式,是每一个人天生就了解的语言,不论大家的文化类别或生活状况如何,我们每天都在使用,只是察觉的程度各有不同而已。

① 色彩心理联想

　　人类的感觉、感情、态度及性格都属于心理学研究的范畴，色彩心理学的研究主要涉及色彩所引起的情感反应，色彩和行为的关联，由色彩刺激而引起的感觉和知觉的现象。有可能由于民族、文化、地域、年龄、性别的差异，在对某些色彩的反应上会有不同，但是色彩和心理的关联一直以来是人类共同的无声语言，由联想产生的色彩意向早已成为大家沟通交流的共识。

红色 红色是所有颜色中光波最长的，具有很强的震撼力。全球各地需要引起视觉警示的标志，都是用红色作为危险和禁止的信号。红色在身体上的心理反应最为明显，人若处于红色环境的包围之中，心跳会加速，血压会升高，因为长光波的红色需要眼睛加以调适，由于显得比实际的要近，而会带有侵略性。一般情况下，红色的炫目性和明视性都很高，当大家想用颜色进行美化和装饰时，首先就会想到红色，红色会给人产生喜庆、热情、鲜艳、活泼、热闹、年轻的感觉。

　　红色一直是中华民族喜用的颜色，民间礼俗非红色莫属，朱门庙宇以红色为堂皇，大家甚至把热闹繁华的人间俗世统称为红尘。西方人也把红色作为尊贵的颜色，铺红地毯为最高的礼仪规格，红玫瑰为爱情最浓郁的象征。斗牛士用红布斗牛时，看似斗牛，实则逗人。因为牛是色盲，根本不能分辨颜色，只是对飘动的东西敏感。而将布做成红色的原因是人对红色比较敏感，看见牛顶红布更容易让人产生亢奋的感觉,这是人自己制造的效果。用"红"字作形容词时,我国历来习惯在形容女性时使用:红妆、红粉、红颜、女儿红,冯小刚导演的电影《夜宴》里,非常准确、形象地用茜素红色来隐喻女人贪婪无尽的欲望。

橙色 橙色是亮丽的颜色,介于红色和黄色之间,性格也介于两者之间,是最接近人类自己的颜色,让人们感觉到亲切、温馨、舒适、安全、可爱。人们吃的不同类别的食物只要为橙色,大家看见后都会食欲大增。寒冷的冬季,归途中的人们只要望到远方小屋里橙色的灯光,心里会涌上一阵温暖,马上会有即将归家的感觉。

　　橙色与东方人的皮肤颜色十分相近,最接近婴儿的肤色。
世界上一些博物馆里的油画藏品中,我们常常看到大师们敏锐的眼光,将少女和婴儿的皮肤颜色用接近橙色的感觉来表现。橙色的温暖、明亮让我们联想到太阳,不论是初升的朝阳,还是渐落的夕阳,或者是正午和煦的阳光,都与大家的生命有着紧密的关联,太阳带给大家的不仅仅是生存的可能,更重要的是给我们带来支持生存的精神感知力量。

黄色 黄色是春天和秋天的色彩盘上的核心颜色,表现的基本上是光线和外向。黄色像太阳一样明亮、活泼、醒目,让大家充满希望。黄色专注的是自我、创造力、乐观和自尊的感觉,黄色会鼓励我们的心思转向外面,振奋精神并向前推进。历史上东西方的皇族都一律以黄色作为帝服颜色的首选,不论在我国的故宫博物馆里,还是在西方各国的博物馆中,历代帝王的服饰颜色都如此相似地在表现着至高无上的尊严。而金黄色的大地是成熟的、丰收的象征,给人们带来收获的愉悦。

　　黄色和人们的情感很有关联,宋代词人黄庭坚有"黄菊枝头生晓寒"的形容,让我们联想到独傲霜雪的菊花的骨气。经典老歌《老橡树上的黄丝帕》将盼望亲人归家的心理演绎得催人泪下。后印象派画家梵高的画板上常常会出现黄色:收割完的田地,波动摇曳的麦田,天上涡旋状的太阳,富有生命悸动的向日葵。一生苦闷、惨淡的梵高用黄色将自己的生命状态达至永恒。

　　黄色在当今被认为是很现代的颜色,是高效率、尖锐感、快速和警觉的象征:交通标志的黄灯,危险地段的黄色隔离带,汽车上的黄色雾灯,儿童上下学时统一戴的黄色小帽。在年轻人的心目中对鲜黄的颜色都颇具好感,他们认为黄色昭示着年轻、活泼、细致、精明、华丽和科技感。

绿　色: 我们若想自己和外界和平共处,心中希望到达一种平衡的精神境界, 就要寻求对眼睛没有任何冲击力的绿色环境了。大家在绿色的大自然中都会感到神清气爽、生机无限。绿色是生命的象征,代表着和平,绿色还暗含着环境保护的理念。绿色会给人们带来欢欣、年轻、清朗、新鲜、生长、安全和希望的感觉。

　　在终年积雪的贫困地区,志愿者发现孩子们挑选的文具颜色皆为绿色。在一望无垠、人迹罕见的茫茫沙漠中,远处的一抹鲜绿会给人带来生命的希望。覆盖地球表面的植物是人类最忠实的朋友,只有植物的叶绿素能够自己制造养分成长,而其它动物和人类绝大多数都受制于植物的恩惠。绿色的植物吸收二氧化碳,吐出氧气供给动物及人类呼吸。我国道教信奉的"天人合一"的理念,庄子提倡的"天地与我并生,万物与我为一"的教诲,就早已在提倡环境保护。绿色运动即生态运动,人是自然之子,大家应该分享生命,不可毁灭生命,否则会遭到自然界的报复。我国森林的覆盖面积只有国土面积的百分之十几,在物欲和短视的贪婪心理支配下,乱砍乱伐、水土流失造成的洪水、泥石流等自然界的报复,至今不能不引起人们的警觉。每每从法兰克福机场起飞,眼望着舷窗下一望无际的茂密的绿色森林,联想到富裕的德国目前在机场等公共场所一直使用的再生纸。占国土面积达百分之四十几的森林面积,给他们子孙万代传流下了多么丰富的生命资源啊!

蓝色 世界上做色彩意向调查时,蓝色是人类最喜爱的颜色。蔚蓝色的天空,深邃安静的青绿色湖面,碧波荡漾的蓝色海洋,第一个登上月球的太空人阿姆斯特朗回望地球时的赞叹"好美的蓝色地球!"说明了蓝色和人类的生命有关。看见不同的蓝色,大家会有自在、清爽、舒服、安详、明朗、新鲜、理性、稳重、保守、安全等感觉。介于绿色和紫色之间的青蓝色彩,基本上是一种温和、平静的颜色。

在激烈竞争的商业社会中,也许人们潜意识中认知到,需要有平静而符合逻辑的思想,才能在这个世界上生存。人们感觉到穿上蓝色的服装时,会受到鼓励专注在自己身上,并集中于用脑的活动,因此职业服饰以深蓝色居多。蓝色越深,则显示越庄严,越有效率,越具权威感觉。这种联想已深深植根于人们的脑海里,无论谁,只要穿上深蓝色的服饰,都会显示出专业性、逻辑性、条理性。其实大家在见面时,互相之间首先留下印象的是对方的服饰颜色,而不是人本身。在警界、飞机驾驶员、工业界高管等,需要被别人十分信赖的职业场中,身着统一的深蓝色制服的理由就在于此。

蓝色调也会表示沉思的心情,以及对温柔的希望,比如大家耳熟能详的《蓝色多瑙河》圆舞曲的悠扬旋律,源自美国南部黑人地区缓慢、忧郁的"蓝调音乐",西方情人之间互送的蓝色小花勿忘我等等。

紫色 紫色在光谱色中波长是最短的,超过此范围的更短光波,人类的眼睛就不可能看见了。自古以来紫色都属于最高贵、最神秘的颜色,在东西方帝王的服饰中,除了大量使用的黄色以外,紫色也是代表权贵的象征,是一般百姓不可使用的颜色。紫色是一种充满矛盾的特殊颜色,一方面高贵、优雅、神秘,另一方面又会给人带来诡异、不安和厌恶的心理联想。这与紫色色相的偏移有关系:偏红的紫色会给人带来更多愉快的、优雅的正面信息,而偏蓝的紫色可能会给人悲伤和沮丧的负面心理联想。

在西方的礼仪学教育中常常提醒,面对东方人时不要使用青紫色彩,可能他们认为紫色是暗示着不健康的颜色,东方文化中的玄妙境界是西方人无法理解的。生活里我们倒是常常发现,喜欢穿紫颜色服饰的人一般都希望独处和有安静沉思的习惯,紫色在大多数性格内向的人的心目中,预示着灵性和心智。现实社会中人们急需减压时,常常会选择紫色的薰衣草精油,不论使用熏蒸或吸入的方法,还是选择泡浴、按摩的方式,都会给人带来舒缓、温和的心理感受。薰衣草色也是一种让人颇感高级的服饰颜色,在优雅、高贵、别致的女性时装中常常出现。

黑色 无彩色中的黑色给人们的印象大为不同,正面的心理联想为:高级、优雅、神秘、稳重、科技感、严肃、权威性。因为黑色吸收了所有的光,但并不让光线反射出来,经常被认为是最有内涵的颜色。负面的心理联想为:冷漠、孤傲、恐怖、罪恶、黑暗、威胁感,这还是由于黑色吸收了光的所有波长,没有光线就会是一片黑暗,人们害怕黑暗的天性让大家联想到没有安全感。对光线的完全吸收,有时反而给人们提供了一种安全防护屏障,西方礼仪活动时段,一律穿着黑色礼服的原因,并不仅仅是由于大家觉得黑色是优雅的代名词,而是黑色对于参加聚会的人有一种自我保护的心理作用,让人在容易感到紧张的环境中觉得有些安全感。处于青少年心理期的年轻人,大都喜欢黑色服饰的原因也在于此,认为黑色衣服所提供的保护感,能给予他们更多面对现实的勇气。

白色 白色给人的第一心理联想是纯洁。与黑色相反,白色对所有的光线都会产生反射作用。黑色是让人感觉看不见里面是什么,白则让一切都被人看得真真切切。所以对于白色,不仅只是一种颜色的联想,还会有清楚、明了、告白等坦荡的心理暗示。明亮的白色还会使人有干净、无暇、高贵、清爽、圣洁的联想。皑皑白雪、莽莽雪原、冰封北国等，是大家常见的与白色相关的自然美景。

由于白色属于素色，没有过于华丽的装饰性，在西方的婚礼和东方的葬礼上常常是表现纯洁或寄托哀思的颜色。就心理层面而言，白色也会像黑色一样筑起"别碰我"的屏障，醒目、干净的白色在医院的环境中已发挥了一种保护的作用。

灰 色 灰色是唯一的完全中性的颜色，几乎没有任何心理特性。介于黑色与白色之间的灰色，可以被称为大公无私的衬托色，灰色总是在一边默默地支持着其他颜色。人们对于灰色的联想大不相同，有些人觉得灰色具有很高级、优雅、知性、格调、科技感和高品位的感觉，也有些人感觉灰色给人带来低沉、寂寞、悲哀、沮丧的心理

联想。灰色本来就是中性的含蓄颜色，产生不同心理联想的人，本身会具有文化和品位上的差异，注重文化感觉的人都会欣赏灰色给人带来的优雅感，喜欢鲜艳色彩的人会觉得由于不足以引起别人的关注，灰色的价值感不高。不同的灰色调也会带给人们

不同的喜好：偏白色的浅灰色会让人们觉得更加高雅、柔和，而偏黑色的暗灰色却普遍不受人们的欢迎，觉得浑浊、沉闷、缺乏生气。

人们着装颜色的变化，最先在交流过程中让别人知道你今天出席这个场合的事由，以及事由的分量等级。因为颜色和颜色之间配搭的相互关系，产生的心理联想和认同感是十分科学和精确的。大家可以看看旁边的几张图片，虽然服饰的款式一样，但是由于配色有了变化，人们对这些图片中暗示的场所、事由的分量会一目了然 。

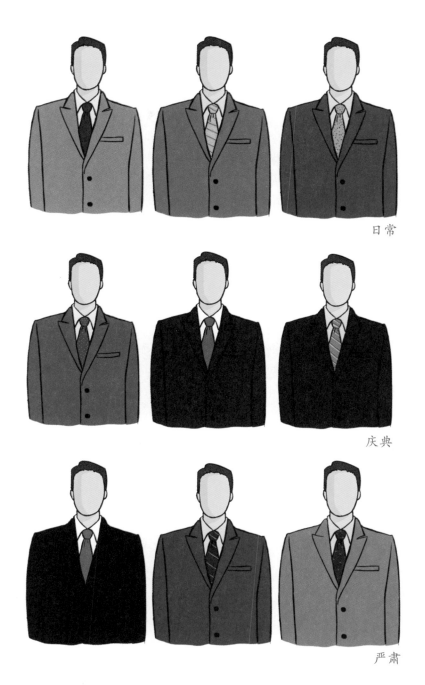

日常

庆典

严肃

② 色彩心理实用

　　在日常生活中,色彩对我们每个人的心理影响非常重要,只是我们已经习惯在有色彩的环境中生存,常常对此不以为然。如果我们稍稍留意一下,就会发现,我们的心情其实一直在受着颜色的左右:春意盎然的野外,在青青绿草和缤纷野花的色彩环境中,人们舒畅、人们欢歌;蓝天白云的海边,在金色沙滩和蓝色海浪的色彩环境中,人们嬉戏、人们踏浪;秋高气爽的山林,在红枫成林和累累果实的色彩环境中,人们喜悦、人们收获;冰天雪地的莽莽雪原,在皑皑白雪和冰清树挂的色彩环境中,人们惊叹、人们戏雪。春有百花秋有月,夏有凉风冬有雪,大自然是我们最好的色彩老师,大自然四季的色彩轮回,提供给人们许多有关色彩的心理联想。人们也就是在自然的更迭中领悟到了色彩的规律,并运用于现实的生活。

　　和人们最有关联的色彩心理实用性,早时出于历代帝王对于服饰和建筑颜色的严格规矩,"朱门"指的是有公爵位和豪富的家族门户,才可以用红色的大门。红色、朱红色的服饰在当时只有公主、贵人才可以穿着。古时候,黄、青、白、朱、黑都属于正色,黄色是中央色,黄袍只有帝王才可以穿着,百姓是绝对不能穿着的。紫色也是我国古代权贵一族的服饰颜色,古罗马时代的皇帝也规定只有皇族和贵族可以穿紫色服饰。

　　在现代的工商业社会发展过程中，色彩的心理实用性越加受到重视。某些国家的工厂老板狡猾地发现，只要将深色的包装箱改为浅色，搬运工就不会埋怨货物太重了。只要将厂房的冷色调墙面改为暖色调，工人们就不会觉得厂房里的温度太低了。在我国遍地开花的快餐连锁店麦当劳、肯德基，运用大红颜色作为主要装饰色的原因，也是在薄利的快餐利润中，制造让人吃完就走的"翻台"效应。看来这些快餐企业也早已深谙，在红色的长光波环境中谁也不能长时间停留的道理。西方的民间还有"与其换太太，不如换颜色"的说法，说的是只要把家居颜色换得亮丽、舒怡了，先生回到家中看到的太太的脸色也会更加灿烂、快活。

　　人们发现，对于相同的色彩刺激，大家不一定都会引起相同的情感反应。生活方式不同、个性特质不同、文化背景不同的家庭，即使处于以相同颜色布置的家居环境中，认同性是完全不一样的。比如以左脑为主要潜质的人们，他们对于语言、推理、逻辑及线形技巧都见长，在比较干净、利落、简洁的、人们习惯称为"四白落地"的家居环境中，甚至在以黑、白、灰为主的无彩色的家居布置中，也会享受这种理性的色彩空间。而以右脑为主要潜质的人们，由于他们以创造力、直觉、非语言沟通、音乐、艺术、视觉资讯的能力见长，在前面提到的那种色彩环境中会郁闷不堪。他们希望住在有着大自然气息和联想的家居环境里，由于家里的色彩和自然极为相似，他们甚至觉得已将郊外的景色搬到了家中,会尽情享受这种感性的色彩空间。

随着大家生活水平的提升,许多朋友都面临着家居装修的问题,要追求家居的舒适性、实用性、观赏性的和谐统一,并不容易在几方面都能够同时达到自己的期望。建议大家在实用的前提下,依据夫妻双方的个性、价值观、生活习惯,选择自己适合的色彩生活环境,不要人云亦云、千篇一律地在家里出现象展室一样的装饰感觉,比如压抑的吊顶、刺眼的射灯等等与办公室没有区别的同质化环境。家是人生的绿洲,人们只有回到自己家里,才可以将自己绷紧的神经放松下来。"不会休息就不会工作。"在生活水平日益提高的今天,提醒大家不要忘记"家"的主要功能,不要成为家居和地板的奴隶,也不要为了博得别人的欣赏,而让自己缺失放松和享受的时光与空间。

我国中产阶层的居住面积,现在已和发达国家的中产阶级的居住面积不相上下了。在室内装修颜色的选择上,由于理念的差异,我们还是容易只注重材质和价格方面的问题,不太注重要在居室中长期生活的人们的心理感觉。发达国家的装修注重的是整体设计感觉和人的生活和谐度,他们可能在居室面积还不如我们大的情况下,往往大胆地使用墙面颜色。比如敢在起居室里使用面积不等的、使人容易快乐的酒红色、米驼色墙面或天花板,还可能使用饱和的橙黄色、浅蓝绿色的墙面或天花板。在卧室里使用让人可以放松的茶绿色、鹅黄色的墙面或天花板,或者使用薰衣草色、浅青苔色的墙面或天花板。在书房里使用让人容易专注的灰蓝色、米白色的墙面或天花板,或者使用墨绿色、米褐色墙面或天花板。房间的地面一般会选择灰度较大的、和墙面同色系的颜色。整个房间基本上遵循"色不过三"的原则,他们理解由于墙面和天花板已经有颜色了,地面如再用明显的颜色装饰,整个房间的色调就会显得过于繁杂了。一些中产阶级居室的门、窗都习惯用白色,让房间里的第三或第四颜色属于或接近无彩色系,自然地烘托出在人们视觉水平线中的墙面颜色,因为这些颜色最容易给人们产生心理联想和情绪影响。

家中若有老年人,居室内色彩的设计尤其要注意体现温馨、舒适的感觉。避免用黑、白、灰等无彩色系作为家具或墙面颜色,老年人在这种冷寂、压抑的色彩环境中,心理会备感孤独和寂寞。不建议在室内出现大量的黄色调装饰色,比如在家具色、窗帘色、地板色、墙面色上都为黄色,可能会更加明显地影响老年人的心理。由于黄色与秋冬季之交时的自然界颜色相似,会造成人们心中的落寞、孤寂。可以尝试选择嫩黄颜色和代表春天的绿色相配合,把春天带进屋里,也可以选择暖暖的橙色和淡蓝色的搭配,阳光和蓝天白云的色彩环境会让老年人的心情愉悦。老年人经常容易胃口不佳,在橙色的色彩环境中,还可以引发老年人的食欲。

近年来由于市场的激烈竞争和社会的浮躁现象,致使有些人有了抑郁症的倾向。建议刚刚发现有抑郁倾向的朋友,一定不可以在"四白落地"的房间中生存,除了多听听音乐、多看看书、多到自然中去舒放身心、多和朋友交流以外,将自己的居室颜色设计得明亮、温暖,也是减轻抑郁倾向的心灵良方。当然,假如已经确诊是属于抑郁症的问题,一定要去看医生,只有通过药物治疗才有恢复的可能。焦躁型的抑郁症朋友可以在家中多用粉色调、暖色调布置室内,千万不要在家居环境中使用大红色调、黑、白、灰色调,这些颜色只会使人的心理更加狂躁和孤寂。

当然,以上的建议不仅针对有抑郁症的朋友,平时个性容易着急、发脾气的朋友也最好利用色彩来安抚自己的心情。浅灰蓝色、淡蓝色、灰茶绿色都是可以让人安静的颜色,当房间里出现了这些颜色,你发现自己的性格会有变化的。性格沉闷、内向的朋友,最好在居室里多用一些容易让人感觉到快乐的颜色,比如圣诞节时常常用的樱红色和褐绿色的配合,或者暗红色和中绿色的配合,代表阳光和大海的鲜橙色和浅蓝色的配合,或鲜蓝色和浅灰橙色的配合。只要把两种颜色的布局设计得合理,面积不一样,在这种环境中,你会发现自己的心情也变得愉快了。

甚至我还经常给朋友们建议居室内灯光颜色的选择。最好不要用日光灯的冷光源照明，多用暖暖的磨砂灯泡或三基色节能灯照明。节能灯的瓦数可以大一些，人人都愿意在明亮的、温暖的环境中生活。尤其经常是一个人在家的情况下，以及老年人的居室内，冷光源的环境会使人感觉无助和寂寞。最好多用沙发旁的落地灯、书桌上的台灯、床边的壁灯等让人感觉温馨的光源照明，刺眼的射灯、带颜色的灯光都会影响人们的心理定力，使人感觉烦躁不安、坐卧不宁。

我国幅员广阔，南北气候条件差异很大。东北、西北、内蒙、西藏等寒冷季节较长的地区，居室内的颜色最好以暖色调为主，会给大家更多温暖的心理感觉。在广东、广西、湖南、湖北等炎热季节较长的地区，居室内的颜色最好以冷色调为主，会给大家更多清凉的心理感觉。在四季分明的地区中生活的人们，可以将室内的颜色随季节的变化而变化。居室的墙面、天花板、地面、门、窗等硬装修的颜色可以用中性色，而窗帘、沙发套、床罩、枕套、椅垫、靠垫等软装修的色彩随季节替换，天冷时换上暖色调的颜色，天热时换上冷色调的颜色。现在的装饰布料的价格都不太贵，准备两套不同冷暖颜色的软装饰材料，可以在不同的季节里给人带来不同的心理感受，甚至还会有节能的效果。

办公室内整体色彩设计的水平，也会影响到人们工作时的心情和效率。在色彩杂乱无章的办公环境中，员工们的工作状态也会受到影响，会产生注意力不集中、心绪不宁的现象。目前在不少的办公环境中，还习惯用改革开放初期从国外学来的灰色的电脑桌、椅、隔板、百叶窗等。色彩心理学专家认为，人若长期处在一片灰色的色彩环境中,会产生昏昏欲睡、筋疲力尽的感觉,会丧失创造性。办公室是用来从事行政事务、企业规划等脑力劳动的空间,在工作环境里找到工作需求和心理平衡,是极为重要的,色彩在这方面扮演了一个重要的角色。

有些发达国家为了让员工能够集中注意力,有效率地认真工作,非常注重办公环境的色彩设计。经常会选择灰蓝色、米白色、深蓝色和极少量暗红色、灰橙红颜色的组合,使员工在这样的色彩环境中能够有效地、专注地工作。他们十分注重位于人们眼睛水平面附近的颜色,认为处于膝盖以下、头部以上的颜色,会比环绕在身体周围的颜色色彩效果对人的心理影响小。在任何需要决定颜色作用的室内空间里,垂直面的色彩永远比水平面的色彩更具影响力,地板颜色和天花板的颜色,永远不如墙面色对人的心理影响大。甚至一些国家还会在通风系统中释放橘香精油的气味,使人们在嗅到后会更加认真地、振奋地、集中注意力地工作。

人们都会有这样的印象:一个办公室的装修风格,即是老板本人审美品位的外化。办公室颜色需要依据业务性质的特点进行确定,比如高级管理层的办公室颜色,不一定为了树立权威感而都采用沉重的、压抑的颜色,而可以配以灰蓝色墙面、乳白色天花板、灰褐色地面等稳重、严谨的基础色,适当地加一小部分表达友善的淡褐黄色或灰珊瑚红色,既可以让员工对老总产生尊敬感,又会产生亲切感,关键是对领导本人的心理感觉也会有适当的舒缓作用,因为老板是在这种颜色环境中呆得时间最长的人。在需要讲究安静、专注工作的如会计、保险、金融、科研等业务特质的办公室内,建议用乳白色的墙面和天花板、深蓝色地毯、蓝灰色的办公桌,在墙上可以有一些带有灰蓝色或者少量红色的图表,可以体现严谨、缜密、有效率的工作氛围。人事部门的办公室则可以选择带些灰度的绿色作为墙面的颜色,天花板可以选用浅乳黄颜色,地面可以用灰褐黄色,会有明显的人文关怀的印象,减少职员感觉到的不必要的官僚气氛。科学实验室和设计场合一般使用白色比例较大的原因,一是可以鼓励研究科学时的客观性和推理需要,二是白色不会影响设计者对颜色的判断。在办公环境中,电脑、打印机、复印机等科技设备的颜色,大都为灰色、石褐色、黑色等无感情倾向的颜色,会给人产生一种压迫的心理感觉,所以需要借

助一些柔和、明快的色彩来加以平衡。比如在墙上挂一些风景画、摄影图片，在桌上放一些容易存活的绿色植物，或自己家人的照片，都是让大家在严谨的工作环境中，可以适当得到舒缓的一种方式。

我国的一些大型企业在管理上已和国际接轨，厂房内已经会利用颜色来达到提高工作效率的目的。工人们在原来枯燥的独立色环境中，钢管、铁架、钢架环绕四周，工伤事故屡有发生。现在不少企业将钢管、铁架都漆上绿色、橙色、黄色、红色等不同颜色，不但可以清楚地划分工作区域，更大大减少了工伤事故发生率，工人们的生命安全得到了保证，工作效率也大大提高了。人是适合在有生命迹象的色彩环境中生存的，绿色代表生命的希望，橙色代表灿烂的阳光，黄色代表丰收的喜悦，红色代表激情的心态。在有彩色的工厂环境里工作的朋友们，每天上班都会有一种见到新太阳的心理感觉。科学家做过统计，在有彩色环境里的工作效率，比在枯燥的无彩色或独立色环境里的工作效率要高许多。原因在于工作时的人的心理状态不同。枯燥色彩环境中的人们，由于重复的、单调的工作过程及环境颜色的影响，时常会产生无精打采、倦怠松懈的精神状态。而在

新鲜、富有激情的有彩色环境中工作的人们，同样处于重复、单调的工作过程之中，但是周围的环境颜色会刺激大家，使大家的心情舒畅、身心愉快，工作起来的效率和状态当然不一样。

不少企业还非常重视工人们的服装颜色，利用服饰颜色不但可以区分员工的职务，还可以在员工相互的视觉感觉中得到一种肯定和自信。在发达国家中，深蓝色、海军蓝色和驼色、银灰色的组合，是参与缜密工作状态的工作服装颜色。白色、浅蓝色和浅黄色、浅米色的色彩组合，是参与卫生条件要求极高的生产环境的工作服颜色。而暗酒红色、墨绿色和灰驼色、灰米色的组合，是让人们感觉易于接近的服饰颜色，是高档酒店中员工们常常使用的颜色。

有些不同职场的员工，在上班时都会被要求穿着统一的制服。需要穿制服的原因，最简单地概括起来是：用来统一和凝聚、区别和隔绝。制服在约束穿着者的同时，也在对他人形成制约机制，使制服穿着者更方便去约束他人。制服代表着被授予的某种权力正在行使中的状态，权力来源于制度，制服即等于制度的外衣。当年轻人刚进入工作状态时，穿上制服会觉得很有自信，至少会感觉到被赋予了一种权力。保守职场中军人的制服、公安人员的制服、飞行人员的制服、消防人员的制服、医务人员的制服，都会设计得十分特殊和容易辨认，方便公众一目了然地辨识，会给予大家一种信赖和安全感。

世界上银行界的制服，一般不会追求新奇的颜色，都会强调权威性和信任度的暗示。银行业的竞争日益激烈，在严谨和信任的前提下，注重友善、亲切是赢得客户的重要方法。某些银行在这方面已做出尝试，比如夏季的工作衬衫已改为灰粉色，可能改变颜色的初衷是希望表达亲切、舒适的感觉。但遗憾的是粉颜色的色相不准确，柜台里的男女员工穿上后，有没洗干净和不太清爽的感觉。也有些银行的冬季制服颜色是蓝色，选择蓝色的理由是想表现出员工们的严谨和缜密，可惜也是由于蓝的色相选择得不准确，整件制服感觉是廉价面料的产物，和当时决定用蓝色的想法背道而驰。黑色是财富的象征，是世界上有实力的银行喜欢作为制服颜色的理由。东方人的肤色不完全能够适合黑色，可以在接近脸部的衬衫颜色上动脑筋，运用米白色、浅驼色、浅灰色、浅粉色、淡黄色等,都可以起到隔离和改善肤色的作用。如果一定要用蓝色做制服颜色,建议选择蓝里发黑的深蓝颜色,会产生高级和很有分量的感觉。

现在的学生们上学时统一穿着的校服,也暗示了在学习的年龄阶段最好心无旁骛地,把注意力放在学习和积累知识上。不知是由于经费的原因,还是为了方便,我国大部分中学生都统一穿着运动服上学,这可能是我国的一道特殊的风景线。有的学校运动服的颜色和款式将朝气蓬勃的中学生的形象变得松懈、很不精神,比如一些宝蓝色和白色组合,浅雪青花色和白色组合的运动服颜色,并不适合黄色皮肤的亚洲人穿着,会反衬得大多数年轻人的皮肤颜色过于晦暗,再加上有些运动服不合身的款式,让青年人的外在形象和心理状态会大打折扣。在可能的情况下,我们是否可以借鉴其他国家和地区让学生统一穿简洁、严谨制服的方式,让学生们在整体感强、精神状态好的制服语言的暗示中,学会注重自我约束和加强着装理念的能力。中学生正处于对美好事物十分向往的心理阶段,他们最容易培养的品位的优劣,就是在服饰的暗示下形成的,对今后他们一生的审美影响会是终生的,由此也会影响他们的下一代,可以说这关系到一个国家和民族的审美概念的形成。

大学生毕业时,学生们都会穿上学位服和戴上学位帽参加毕业典礼,甚至不会立即脱下,到处在校园中走动,摆出各种姿势拍照留念。他们的做法是在证明,自己的人生过程中已完成了一段艰苦的学习训练课程,有权力穿上制服向世界宣告成就。制服在这时既是一种荣誉,又可以提振年轻人的心神,起到一种积极的鼓舞作用。毕业后的大学生们,进入到某个职场之前,一定要意识到自己人生状态的定位已经开始转换,从一个纯粹的学习状态的消费者,已经转换为社会财富的创造者了。工作前一定要了解自己所将进入职场的着装规律。如果加入了需要穿着西服上班的单位,最好选择一件深蓝、一件暗灰色的西服,这是最常用的西服颜色。而个人喜好的灰绿色、酒红色、土黄色等西服,在你工作时间长了以后,有兴趣时再考虑购买,因为这些颜色在职场中并不实用。经济情况稳定后,倒是可以添置一件黑色的西服,方便在礼仪场合中穿着。

商业心理学认为，了解产品效用固然是营销成功的要素，然而华美的包装最能影响大众对产品的认知。有些商家利用顾客的购买心理，将同样质量的产品用不同的包装方式时，发现简单包装的产品的销售额不如华丽包装的产品的销售额高。即使大家知道产品质量都一样，人们也愿意多花些钱去购买"卖相"更高级的东西。比如女性常用的化妆品，包装的费用有时往往超过了实际物品的价格，传统的商业性化妆品生产有一种"五、四、一"的成本计算方式：假如在销售十元钱一支的口红费用中，五元是指投入的广告费用，四元是指开磨具和包装品的费用，一元是指投在产品本身方面的费用。发达国家把化妆品生产和销售分为两种：一种是面对大众的高、中、低档的商业性产品，用精美和相对精美的包装品包装。另一种是面对专业人士使用的专业性化妆品，用简单或一次性的包装方式来减少制造成本，专业的用户是不介意包装外观的，只在乎内在的产品质量是否合用。不少聪明的非专业女性，平时会选择使用简单包装的专业性产品，她们深知专业性产品包装费用的低投入及其不做广告的惯例，会使专业性产品的内在质量比那些拥有精美包装的产品质量更值得信赖，性价比会更高。当然绝大多数习惯用化妆品的女性，还是以化妆品的知名度、包装、颜色、形状、大小、款式来决定是否购买，包装品设计师和行销者就是在清楚地了解顾客购买欲望的前提下，制定出一套套不断更新的、引领顾客购买的销售心理策略，设计出种种求新求异的产品外观包装，策划出一句句打动女人心的广告用语。许多女士的化妆台、柜里精美的外包装堆积如山，虽然里面的产品已经用完，空包装壳还是不愿意丢弃的原因就在于此。

　　现在市面上的一些洗发产品，为了让顾客方便一目了然地找到适合自己发质的产品，用清爽的浅水绿色表示适合油性发质，用温润的蛋黄色表示适合干性发质，用柔和的灰粉红色表示适合中性发质。再比如一些保养品的包装颜色，用淡青蓝色的外观表示价格稍便宜，适合不需要过度保养，和收入不见得丰裕的年轻人使用；用金铜色的外观代表适合能够接受昂贵价格，适合需要注重保养，和收入相对稳定的中老年人使用。

　　包装颜色不但可以吸引顾客的眼球，还具有暗示适应消费人群的作用，设计者们不仅要考虑与众不同的视觉效果,展示产品内涵、充当购买指南,也是针对顾客繁忙生活的一种人性化设计理念。商店装饰色彩的确定,对销售结果大有影响。以往商店的经营者,只是考虑到店面用什么颜色最可能吸引顾客来购买商品,可是他们忽略了一个重要的方面,即在商店中工作的员工的感受。顾客在商店里的时间,远不如在里面工作的员工的时间长,商店的装饰颜色和员工制服的颜色,会对在这些色彩环境中长时间工作的员工的士气产生重大影响。可能不少商家都会认为商品本身的颜色已经让人眼花缭乱了,不应再考虑空间装饰和员工服饰的颜色了。而专业的做法是,在依据商店销售产品特点的前提下进行整体色彩设计。比如销售电脑等产品的商家,电子产品大都是以灰色调为主的,可以在店面装饰色中加入暗色调的深蓝、暗褐绿等稳重和工业感的颜色,显得电脑的品质上乘。但销售电脑的员工们的服饰,可以在明黄色的外衣里配搭深蓝色的衬衫,或者在深蓝色的毛背心里配明黄色的衬衫,让顾客觉得专业、理性、有活力,而员工们自己相互间也会觉得自信、年轻和感到被支持,从而增强销售的动力。

一些销售身体保养品的商家,将大自然的颜色运用在商店的装潢上面,比如世界上达到了三千多家连锁店的"身体小铺",顾客只要远远地看到那种温暖的秋天绿色,渴望受到身体养护的购买欲望就会大增。公司创办人安妮塔将心智转向大地和自然的环保理念带入了商业的产品销售,而她自己也身体力行,近年来将自己多年的销售钱款全数捐给慈善机构,女儿们也积极支持她的这种举动。安妮塔现在的做法真正印证了"带着财富离开世界的人是一种耻辱"的观念。

从人性化的角度考虑商店的装潢设计颜色,是当今设计者和商家需要认真思考的问题。一个最简单的建议是,将商店的装潢颜色确定为谦虚的中性化色彩,以此来突显商品的价值。有的商业环境色彩缤纷,商品颜色五光十色,店面装饰颜色鲜艳夺目,顾客进入之后就处于一种纷乱、嘈杂的色彩噪音的包围中,大大削弱了他们逗留的欲望,更不要说再慢慢地浏览商品了。有的商店环境中顾客和销售员工同时都会有压迫感,或者待一段时间后就会感到头疼,感觉到四周环境过于枯燥、沉寂。这些感觉都说明,这间店铺的色彩环境不能对人们的心理产生支持,需要做整体的全面调整了。装饰的目的不仅是为了好看，不能只考虑颜色与颜色之间单独的关系，更需要注重实用性的效果，创造主次分明、人性化联想和感觉丰富的购物环境，这才是现代社会商业设计的重点。

　　大家看到书的第一部分内容时，不少朋友通过做第一个家庭作业，一定对自己身材的比例关系有了大致的了解，清楚了今后购买服装时的款式范畴，会更好地扬长避短、更加得体地装扮自己。看到以上有关颜色部分的内容时，不知道大家是否做了第二个家庭作业。和朋友们互相判断自己的肤色特征，以便在了解自身原有肤色的前提下，培养平时的服饰配色能力，使其与自己的肤色特点更加和谐。我特地在书的最后面还给大家留了第三个家庭作业，请大家在闲暇时间里，把孩子画颜色的彩笔找出来，依据自己衣橱里的主要服饰颜色（以上衣颜色为主），做一做填色游戏。可以依据自己的职场定位、个性定位、外形条件定位，甚至出席事由定位、季节的定位等等，锻炼自己对色彩的联想和运用能力。找个长假或者双休日，清心沐浴后换上轻松的家居服饰，泡杯清茶，放首好音乐。在暖暖的阳光或灯光下，重温一把儿时的填色游戏，你会在这样的过程中体会到创作的充实感。（第三个家庭作业见书的最后）

　　分享 TPO 原则，使自我形象符合时间、地点、事由的定位。依据身势学的原理，调整自身非语言符号的表达。凸现个性特色，做合格的遵循国际化时代印象管理规则的职场人。

TPO 原则的把握①1

　　TPO 是三个英语单词的字头：时间（Time），地点（Place），场合（Occasion），也有的指目的（Objective）。总之，是指着装的适时、适地、适事由的"恰当性"。几乎所有的发达国家的课堂中，服饰方面的 TPO 原则很少成为教育的内容，这是因为孩子们从小就耳濡目染，他在父母身上学到了服饰穿着的规律。比如一个十来岁的男孩，在放学回家的途中连蹦带跳地搞得身上汗迹斑斑，到家后妈妈说晚上全家要一起出去吃晚餐，男孩不用妈妈关照，自己会洗澡、更衣、梳头，准备好出现在晚间公众场合的形象。这种文明的生活习惯来自从小的环境熏陶；当孩子们看见爸爸妈妈正在准备晚礼服，就知道父母会参加晚间的礼仪活动；看见周日晚间父母正在配搭职业服装，就想到明天是星期一，他们又该上班了；看见大人们正在找出海滩裤、比基尼、风帽衫、滑雪服，哦！快乐的假期又到了。

　　大家都期望过一种安详、和谐、文明的现代生活，把握着装的"恰当性"是文明社会的需要。可能有些朋友会责怪自己的父母，为什么在自己年幼时，父母没有言传身教地培养自己文明的生活习惯，反而自己在有把年纪时，还要来学习这些基本的生活概念。我们现在仍然是一个发展中的国家，我们现在已在享受和平年代所赋予的一切物质条件和精神生活。可是我们的父辈在他们那个时代，连温饱都不一定能满足，精神上的追求更是无从达到，父辈们的生命遗憾比我们多，他们由于历史的原因，在着装上是无法给我们做出表率的作用的。现在大家也已经为人父母或即将准备做父母，对自己下一代最好的生活教育的方法就是，在自己身体力行地遵守文明时代所赋予我们的生活规则的前提下，帮助健在的父母享受当下的文明生活，我们现在还都来得及弥补父辈生命中的遗憾。

① **礼仪时段**

在生命的过程中，我们经历得不多但是印象最为深刻的，是参加礼仪性活动过程的记忆。常态的礼仪性活动有婚丧嫁娶、应酬派对等。经典的礼仪性活动有颁奖典礼、晚宴舞会等。人们常常会有这种情况：前天的午饭内容可能都忘得干干净净，可是在三年前由于自己的努力和成功，应邀参加颁奖典礼时的着装，从里到外的行头却记得清清楚楚。这种情况说明，礼仪性活动是我们生命过程中的闪光点，平平常常的日子容易忘掉，而礼仪性活动过程给我们留下的印象却极为深刻。不少西方国家在礼仪性的场合中，过于考究地在乎服饰的区别，比如男士的晨间正式礼服、晚间正式礼服、日间准礼服、晚间准礼服等等。

男士礼服　我国与西方国家的文化和历史风俗不同，不一定循规蹈矩地按照西方的

服饰规则行事。近年来东方风格的服饰风靡全球，西方服装界的设计师们常常在自己的服装设计中，加入了东方的民族文化元素。比如我们可以从经常参加国际性的礼仪活动的张艺谋、冯小刚、谭盾、郎朗等艺术界人士穿着的礼服中，看到以东方服饰风格为主的、带有中山装变形的礼服样式：立领、箱形裁剪、明贴口袋、五粒扣，内配立领白色衬衫。以孙中山先生名字命名的中山装，在大革命时期，就体现着既要有中国特色又要符合世界潮流的前卫精神。现在经过改良的中山装礼服款式，领部做了大胆的设计，把以前必须紧紧扣上的风纪扣改为开口的立领，领子的部位也舒服地降低至脖颈下方。里面的衬衫领也相对地有了一些东方元素的时尚造型，原来明贴的口袋也改良为暗袋，使其更为收身。

改良中山装式的礼服款式并不见得适合所有的中国男性，在职业场中、政府机构中工作的男士们，几乎都不太可能接受这种式样的礼服。目前大家都认同的是，以黑色套装为男士们参加高规格礼仪性活动的服饰。以黑色、深蓝色、深灰色为主的枪驳头两件套或三件套西服，在各种社交场所中，属于一种不受时间限制的全天候的世界性礼服。概念上，黑色套装并不等于只能有黑的颜色，深蓝色、深灰色也属于礼服类套装的色彩，只是黑色的感觉更为正式一些。发黑的深蓝色，在世界上也被认为和黑色的正式级别不相上下。黑色礼服套装分为双排扣和单排扣两种款式，对称的枪驳头、双排扣黑色套装，看上去会更具权威性，更有严谨、庄重的感觉，但是不适合身材过于臃肿或者过于瘦小的男士穿着。一直被国际社会公认是国际服饰的单排扣套装，有两件套和三件套两种款式，在服饰的穿着变通方法上，具有比双排扣套装更为方便灵活搭配的性能。需要出席国际性的礼仪场所的男士们，在衣橱里至少需要准备一到两套黑色套装，最好是黑色、深蓝色各一套，这是走遍全球都不需考虑时间因素、以不变应万变的明智之举。

女士礼服　旗袍一直被认为是我国女性的国服，但由于体态和季节的原因，并不是所有需要参加礼仪性活动的女士都适合穿着的服饰。现在在不少年轻女性的衣橱里已有适合出席礼仪活动时穿着的黑色小礼服，因为具有多样化的穿着功能，深得时尚女性的青睐。比如某位女士下班后要出席晚间的礼仪性活动，在黑色小礼服的外面加一条丝绸披肩，或加一件带珠饰的短外衣，也可以加一条闪光的细长长巾，甚至只在脖颈上戴一条珍珠项链，都是独有特色、适合礼仪性场合的配搭方式。黑色小礼服款式，要求可穿着的女士的身材一定要和谐，否则最好不要选择这种礼服式样。

　　黑色小礼服的配搭方式还有许多，最精致、典雅的配法就是：黑色配黑色，可以是雾面的小礼服面料，配亮面面料的装饰性外衣；也可以是亮面面料的小礼服，配雾面面料的装饰性外衣。装饰物可以配在礼服上，也可以在头发上系上丝绒质地或丝绸质地的发结，低低地、松松地系在后脖颈的头发处，是很有味道的一种搭配。采用黑色金属质地的亮片丝带，或是装饰性的花朵,可以增加女性的时尚感觉。也可以选择黑色小礼服和金属色的配法:黑色配金色,黑色配银色,可以产生强烈、炫目的惊人效果。还可以选择黑色配鲜艳色彩的方式:黑色小礼服配夺目的大红色、玫瑰红色、翠绿色、宝蓝色,这些颜色的配饰可以处理在丝巾、小手袋、高跟凉鞋、发带等小面积的地方,身上至少要有两处以上的同质地的呼应效果。有些年轻女士的肤色不适合穿黑色礼服,可以选择暗色、沉稳的深蓝、暗褐、暗红等颜色的礼仪服饰,颜色越深,越会有高贵的、典雅的礼仪性的感觉。

中老年女性一直困惑于出席晚间礼仪活动时的服装选择,尤其在国际性的交往时段中的问题最多。有些女性朋友的身材已不适合穿旗袍,但自己也不喜欢穿西式的礼服款式。建议可以选择一种既有民族元素又有国际化时尚感觉的礼服穿着方式:在不系扣的中式上衣里面配有现代元素的服装。比如外穿一件较宽松的改良中式上衣,面料可以是以雾面丝绸为主,可以在领部或袖口部分有亮面丝绸作装饰。里面穿着细羊绒、莱卡或丝绒质地的高领衫、卡袖

衫、低 V 领衫，或者里面穿一件直下式的连身裙，再戴上一条适合自己面形和颈部条件的项链，在出席晚间礼仪性活动时，会显得十分得体、别致。改良中式外衣的上面可以有一些精致、简洁的刺绣或亮片装饰，位置可以在胸前、领口和袖口上，但不要在服饰的所有地方都缀满装饰物，会显得身材有横向、臃肿的感觉。如果里面不配直身裙的款式，下装可以配毛料直筒裤、西裤、高腰裤，下面穿高跟鞋或礼服鞋。改良中式上衣可以将领部裁剪得比平时的更低一些，衣襟可以有侧开衩，肩部最好加垫肩，上衣的整体感上略带 V 字型，袖部稍有微喇叭袖的感觉。

参加一般的晚间礼仪性活动时，身材好的女士还可以选择暗红色或豆沙红色的弹性缎面紧身衣，配搭中性色调的外套，在领部或在胸前配戴独立色的装饰物，下穿流畅、轻柔、动感的宽腿裤、长褶裙，腰部可以配一条宽的、装饰性的腰带，这样的形象一定会给人留下深刻的印象。也可以在上身穿着乔其纱系袖口的罩衫，系在腰部有深褶的、悬垂感强的高腰宽腿裤里，全身的装饰物只是在腰部有一条有亮钻石的细腰饰。也可以试试穿高领、露肩款式的莱卡、丝绸、丝绒背心，下配直型、A 字形宽腰裙装，头戴一件简洁的镶钻发箍，显示出一些古典的味道。

参加晚间的礼仪性活动，是尊重活动现场的其他人自己也得到别人尊重的过程，亦是展示女性自我生活情趣的过程。职业女士在做到适合自己身材特点、肤色特质、个性风格的穿着前提下，还要注意到参加礼仪

活动规模大小的问题，不要出现一身穿得亮闪闪的到现场一看，原来只是清茶一杯的晚间聚会；也不要出现在豪华的晚间礼仪活动时，因为身着牛仔裤、休闲衫的原因不让进入现场的窘境。事先对礼仪活动的情况有所了解，就能够让自己在现场更加自信。

② **职业时段**

人们无论在何种职场中工作，职业感—现代感—时尚感是给人留下良好印象的顺序，这种形象顺序的先后排列，已被当今绝大多数的职业人士所认同。人们在每天的 24 小时的时间中，仅有 8 个小时在工作，在自己一天参与 1 / 3 的工作时间里，工作就要有工作的精神和状态。不能设想，一位时髦、前卫的所谓时尚弄潮儿，在职业环境中会受到大家的接纳；一个吊儿郎当、随随便便、大大咧咧的人，可以代表单位的职业形象。每个个人或者每个公司严谨的专业性表达，在被别人看到的头 1 / 10 秒的视觉时间里，就会得出或优或劣的判断结果。我曾有过这样的经历：应邀到某单位讲座，因事先了解到此单位的背景很有分量，工作业绩十分成功，去之前一直对此单位怀有仰视之感。刚进入单位的大厦，就看见一位描着蓝色眼影、涂着闪亮唇彩的时髦女接待员靠在接待台边，漫不经心地锉自己彩色斑斓的指甲。这种与工作环境不和谐的音符，迅速将我对此公司的仰视心理变成为平视或俯视的感觉。不可设想,一个单位对处于门面工作人员的管理都不重视,其他的声誉是否真实就值得怀疑了。

很多朋友都认同,看一个单位的管理水准,不一定看那些繁文缛节的规则,只要观察一下单位里那些最不显眼的细节:比如卫生间是否干净,停车场的调度、接待员的礼仪风范如何,工作人员对上班时着装的重视程度如何等等,对于这个单位大量管理规则的落实状态就能一目了然了。曾经与一位我非常敬仰的大学校长分享过这样一句话:一个学院的形象即是这个学院院长的形象。有幸认识这位领导,源于他自己身先士卒地极为重视职业形象,在百忙中抽出下班后的时间,和我一起探讨他个人在不同场所出现时形象方面的规则。这位院长本人气度不凡,服饰的选择也很有品位,他与时俱进的学习态度使我想到这样的一句话:一个单位领导的形象即是这个单位的形象。

大家都认同,专业感的上班服饰即是迈向成功的服饰。虽然大家工作的职场不同,服饰穿着的潜规则不同,但是依据不同职场定位的专业感觉却是相同的。大家只要在自己的衣橱里,配备准确适合自己工作状态的服饰,我们上班时的外观形象就会带有专业人士的印记。建议大家在平常的例行工作时段中,尽量穿着基本固定款式、固定颜色的服饰,不需要把办公场所变成模特的秀场。朋友们最好清楚地知道,保持一贯性的穿着才能建立起别人对你的信任度。尤其对于初到工作岗位的年轻朋友们而言,除了应该事先对新单位的工作性质、单位气氛做必要的了解之外,还需要在上班时仔细观察工作环境里最出色的同事和上级的着装方式,使自己能够迅速地融入这个专业的工作集体。

职业男士上班族衣柜必备 职业男士上班族衣柜中必备的正式服饰最好有：黑色、深蓝色或暗灰色西服两到三套，白色衬衫、浅色衬衫四到六件，适合不同场合的领带三到五条。正式职业皮鞋两到三双，风衣、大衣各一到两件。

适合男士们职业和休闲相间的时段穿着的服饰有：便西服或夹克两到三件，中间色调、暗色调的纯棉、牛津面料衬衫四到六件，针织、羊绒、莱卡质地的套头衫三到五件。开口款式的针织、纯毛、混纺毛衣两到三件，V 领毛背心一到两件。风雪服、夹大衣、风帽外衣、风衣各一到两件。西裤两到三件，卡其布厚、薄面料的裤装四到六件，法兰绒、灯芯绒裤装一到两件，牛仔裤一到两件。厚底、宽边牛皮鞋一到两双，健步鞋一到两双，帆布鞋、凉鞋一到两双。

男士们只要能根据自己的工作性质、职业氛围，找准适合自己"形"、"色"条件的服饰，职场中的形象一定会带有国际化的专业性感觉。

职业女性上班族衣柜必备 职业女性上班族衣柜中必备的正式服饰最好有：黑色、深蓝色、灰蓝色、灰褐色、深灰色、暗红色的有领或无领款式职业套装四到六套，纯棉、丝绸面料白色、浅色的格子、条纹、圆点有领或无领衬衫四到六件。针织、莱卡、丝毛混纺质地的高领衫、圆领衫、V 领衫三到五件，丝绸、针织小背心六到八件。中间色调、浅色调的短袖夏季套装三到四套，职业连身裙两到三件。深色调、中间色调、浅色调短裙、中长裙两到四条。深色调、中间色调的混纺毛料直筒裤四到六条。短款、中长款风衣、大衣各一到两件,中跟、平跟职业皮鞋三到四双,短筒、中长筒皮靴一到两双。

职业女性们适合在职业和休闲相间的场合中穿着的服饰有:混纺毛料外套一到两件,加有薄垫肩的罗纹、平纹羊毛针织开口衫两到三件,内外装两件套式毛衣两套,中长款式系腰带针织毛衣一到

两件。带有花饰、条纹、圆点、素色图案的纯棉、丝绸、莱卡面料衬衫四到六件,针织、羊绒、丝毛质地的高领衫、圆领衫、V领衫三到五件。短袖、无袖或者中长袖连身裙装两到四件,短款、中长款半身裙装两到三件。混纺毛料直筒裤两到四件,卡其布面料裤装两到四件,牛仔裤一到两件。短款、中长款风衣一到两件,中长款、长款毛料大衣一到两件。中跟、坡跟、平跟皮鞋三到四双,无后跟皮凉鞋一到两双,短筒、中长筒、长筒靴两到三双,帆布鞋、运动鞋、漫步鞋各一到两双。

职业女性在规划自己的上班服饰时,最好运用组合性强的单件服饰,能够配搭出变化丰富的多种造型来。女性朋友在购买服饰前一定要养成这样的习惯,即考虑到是否可以和自己衣橱里的其他服饰相配合,常规是至少要能够和其他三件以上的服饰相组合,这样的服饰才值得购买,否则就会造成"金筷子"行为:拥有了一双金筷子后,还得配金碗、金桌子、金椅子……衣橱里如果单件的服饰太多,就会出现总觉得没有衣服穿的困惑。有品位的女性总是在了解自己最适合的服装款式、颜色的前提下,游刃有余地配搭出适时、适地、适心情的服饰组合。她们把每天穿衣的过程视为一种享受,每天都在享受这件充满创意和快乐的事情。

职业女性的化妆问题　目前大家已经对女性化妆的话题,不像多年前那样关注了,许多女性已经形成了自己生活中独特的形象特征。人们已十分宽容、理解那些喜欢化妆的女性朋友,认为这是她们自己的生活情趣。而过去那种整天带着妆、甚至连自己的丈夫都没有见过她真面目的女性已经越来越少了。素面朝天、不施粉黛的职业女性也越来越多,而有些职场中需要女性员工们化一点职业化的淡妆也成为了不成文的规矩。

在重要的公共场所里工作的女性朋友们,工作时化点淡妆是十分必要的, 只是可以依每人不同的面部形象,做出或浓或淡的修饰区别来。有些女性本来就天生丽质,面色红润、肤如凝脂、眉目清丽,这么好的形象是不需要再用人工的颜色来画蛇添足的。有些女性天生肤色不佳,然而同样的眉清目秀,可以在上班前薄薄的打上一层粉底,把自己的肤色调整得更自信一些。

粉底可以起到改变肤色色相和统一肤色的作用,不同肤质的女性最好选择不同质地的粉底。属于干性肤质的女性朋友,可以选用乳液型粉底或者膏霜型粉底,用柔和的海绵均匀地涂搽在面部。在有瑕疵的面部位置,可以在海绵上多放一点粉底,轻轻地、均匀地点拍在瑕疵部位。技巧的关键是,在无瑕疵和有瑕疵的交界处,粉底颜色能够做到自然柔和均匀过渡,没有明显的分界线。然后用定妆粉轻轻将面部定妆,在容易反光的额部、鼻部、唇部区域定一点散粉,在原本就干燥的外眼角、面部两侧可以不定妆或少定妆。然后淡淡扫一点颊红,上一点口红就可以了。

油性肤质的女性,可以选用干湿两用粉底饼来对肤色进行修饰。粉饼盒里有一块薄海绵的即是干湿两用型的粉饼。化妆前把海绵打湿后再挤干水分,蘸粉饼在面部涂搽,搽至面部边缘时粉底颜色逐渐减少,直至没有粉底的状态,避免将满脸都涂搽上粉,会像戴了假面具似的不真实。不过要提醒用海绵化妆的女性朋友,每天在用完后,一定将海绵清洗干净,防止在上面藏污纳垢,反而对面部健康造成伤害。

还有的女性朋友本身的肤色条件不错,只是眉眼轮廓不太清晰。可以用斜头型的眉扫蘸着青驼色、灰褐色的眉粉,将偏淡的眉部加深一点。假如有的朋友觉得自己的眼部过于无神,最方便快捷的方法是,用中指或无名指蘸着棕褐色的眼影,在接近眼睫毛的位置轻轻晕染,在眼部的往上、往外的方向逐渐弱化,内眼角上方最好不涂眼影,否则会显得有外眼角下挂的趋向。多年来,业界人士一般都不建议在工作时间里涂眼影,认为为参加晚间礼仪性活动而化妆时,才需要修饰眼影。如果个别朋友的眼部的确需要修饰,请选择和东方人的肤色很和谐的棕褐色眼影,修饰的技巧需要高明地、达到无修饰痕迹的境界。

职业时段的化妆,最好不要使用带光泽感的眼影、唇彩等适合在晚间修饰的化妆品。即使需要使用眼影,也不要选择鲜艳的蓝色、绿色、紫色等色彩,也不要使用亮闪闪的唇彩,这些颜色在工作之外的时间按照个人的爱好可以尽情使用。但是绝大多数东方女性其实并不太适合选择这些鲜艳的冷色调眼影,使用后反而会反衬得肤色更黄、更灰暗。

把握上班时化妆的分寸,要依人而定,没有一加一等于二的严格规定。即使对空中流动的风景线——女性空服人员的化妆管理,也最好只是要求化妆风格统一,不必一招一式都要求完全一模一样,毕竟每个人的面部特征和个性特点都不一样,化妆后都一样了,反而给人产生千人一面、古板的奇怪感觉。总之,工作时间化妆与否是一件智者见智、仁者见仁的事情,每位职场女性只要根据自身的条件,掌握好化妆分寸,一点点的淡妆会给你带来一天的自信。

③ 休闲时段

在人的生命过程中,大约有近 2/3 的时间是处于非工作的休闲时段。如何让自己的生活更丰富,让自己的轻松时间活得更有质量,在工作压力日益增大的今天是大家极为重视的话题。现在人们的生活空间十分广阔,可以任意地选择自己感兴趣的各类休闲活动。有的人抓紧双休日、长假和休假期,走遍了大江南北,游历了世界各地,让自己在开阔眼界"养眼"的同时,也开阔了心胸边走边"养心",在行路的过程中认识到生命的意义,感悟到生活的真谛。有的人抓紧休闲的时间饱览群书,一盏孤灯、一杯香茗、一曲悠乐,在冬日的阳光下,在夏日的清凉中,将智者、大师们呕心沥血写作的结晶直接拿来,在悠然的时光中丰富了自己的内心,智慧了自己的人生。有的人把自己从小的梦想在休闲的时光中慢慢地实现:学会演奏钢琴、学会泼墨作画、学会摄影创作、学会电脑写作、学会引吭高歌、学会积攒藏品……

人生的过程是一张不出售返程票的单程车票, 休闲时光是上天奖励人们享受生命的最好礼物。也有的人昏昏噩噩、糊糊涂涂、庸庸碌碌地耗着日子,当已近生命的尽头时才幡然醒悟,悔之晚矣。拥有生命质量的人,是把每一天当做自己的最后一天来度过的,他们已经醒悟到自己曾经有过的诸多的人生遗憾,意识到只有重视当下的生活品质,才是弥补终生遗憾的不二法宝。

家居服的选择　随着人们生活方式的变化，家居服饰越来越受到重视。现在大家不论是在家看书、听音乐、聊天、喝茶、看 DVD，还是在家请客、谈事，都不会穿得整整齐齐。但成天穿着睡衣睡裤在家里，或是接待客人，还是觉得不像样子。所以商场里已经慢慢增加了家居服饰的专柜，以纯棉针织、丝绸、丝绒、羊毛等天然织物为材料，宽松、随意、简约、轻松款式的家居服饰也越来越受到大家的欢迎。

目前还有个别的女性把自己以前穿破了、穿旧了的衣服当家居服穿，认为在家里反正干家务时穿着方便。没想到其结果是老公看着不顺眼，孩子看了不欣赏，自己其实也不喜欢自己邋遢的样子。建议有这种习惯的朋友赶快善待自己，添置几件舒适的家居服装。夏季可选择无袖、大 V 领、细平纹纯棉布的 A 字裙，或者系带、宽松式的 H 型皱丝长裙，人造棉中长裙。春秋时节可选择纯棉针织开身服，或者宽松式、中长款、收底摆样式的羊绒毛衣，下配有弹性的紧身裤。冬季可选择纯棉宽松式的小薄棉袄，下穿纯棉针织裤，或者上装穿薄丝绸中式棉袄，下配直筒丝绒裤装。家居服饰适合选择轻松、柔和的颜色，最好有一些简单的图案：小点子、小格子、窄条纹、小花卉等等，不建议选择深色、艳色作为家居服饰的颜色，以免由于颜色产生的心理联想，让自己不能在家里得到真正彻底的放松。

女主人在给自己添置家居服饰的同时，也要关注男主人的感觉，除了对另一半的心理关心以外，还可以在每天看到他时，养养自己的眼。可以给他购买和自己面料、服饰风格相一致的家居服饰，也可以依据先生的生活习惯，购买他自己喜欢的款式。比如夏季的无袖、卡肩式纯棉背心，薄卡其布短裤、平纹布系带长裤，春秋的宽松式、螺纹、平纹纯棉运动衣，冬季的纯棉绒衣绒裤、羊毛开身套服等等。总之，家是生活的绿洲，在修生养息的环境中，让彼此的形象也能相互养眼、养心。

运动服饰 随着人们健康意识的增强，习惯参加体育运动的朋友的衣橱中，都会备有几套运动服装，甚至有的人在非运动时间里也会常常穿运动装。穿上运动服装会显得人年轻、健康、富有朝气，就连一些不喜欢运动的人也常把运动服装当做便装来穿。比较专业的朋友可以十分清楚地区分，自己参加何种运动，应该穿何种运动服装和运动鞋。商场里也有篮球鞋、足球鞋、网球鞋、跑步鞋等明确的区分标识。对于一般人来说，假如只是参与走走路、跑跑步的一般性运动，至少也要选择具有减震功能的运动鞋、漫步鞋。个别朋友穿着薄底皮鞋、塑料凉鞋参加快走的运动，长此以往由于剧烈的震动，会对自身的膝盖、脑部带来影响。建议大家不论参加何种运动，运动服装最好不选择暗色、灰色等让人看上去精神不好的

颜色,运动的过程本身和鲜明的服饰色彩,会使人产生快乐和兴奋的感觉。近年来,市面上出现了许多高科技、新材料的运动服装,具有防水、透气、排汗、促进新陈代谢的功能,使人们在运动的过程中身体感觉更加舒适。运动,是人们生命过程中必不可少的方式,给自己投资购买一些品质上乘的运动服饰,就等于在给自己的健康投资。

旅游服饰　由于人们逐渐宽裕的经济条件,能够周游各地、各国的机会也越来越多。旅行中,如何准备适合旅游目的地气候和行程的服饰,也成为大家日益关注的问题。当然所有幸运的出游者们,都会聪明地把假期的快乐延长:当自己决定了旅游目的地后,就开始买参考书、地图,对当地的风俗人情、地理位置作一一探究。在网络上参阅和关心当地、当时的气象条件,事先盘算和准备如何方便适时、适地游玩的

衣装。有些朋友提前十几天就摊开旅行箱，让自己在每天往里面放东西的瞬间，产生即将要去旅行的兴奋。愉快的旅行结束后，大家再忙不迭的将数码相机里的照片存档、分类，加上自己的心情小语，一次旅行后的余波会在心中荡漾好久。

假如大家的旅游目的地是在享受阳光的海边，成熟的游客就会只带一个小衣箱出游（成熟的游客是以基本不买旅游产品来界定的），他们会准备一件白色长袖棉质衬衫，一到两件白色或浅色抽绳的长宽腿裤，以方便配搭任何服装。还会装上几件缝制简单、开衩、镂空的纯棉、麻质、丝绸小背心，一两件白色或纯色亚麻短裤、印花海滩裤。还会准备一条纯棉花色小方巾，既可绑在头上防止晒伤头发，又可防止汗水流进

眼睛里。女士还会带上一条纯棉、皱丝、亚麻长裙，或者一块印花大方巾，在海滩上可以围在腰际，或把两角从前面交叉地系在颈后，一件飘逸、动感的罩身裙就应运而生了。现在的男士们已不再时兴穿紧紧的三角形泳裤，四角泳裤、较宽松的短筒裤已成为各个阳光海滩上的流行趋势。女性在

海滩边穿比基尼是一道亮丽的风景线，但如果是在正式的游泳池里运动时，一定要穿连身的泳装，比基尼泳装只适合在海滩边穿着。

如果旅游目的地选择在冰雪世界的寒带，不论是去滑雪、还是到乡间或户外，有防风、防水、保暖、御寒功能的服饰很重要，带拉链、紧袖口、高领、带帽的风雪夹克一定是首选，如果能够有纯羊毛的衬里就更棒了。下装可以带上厚的、有弹性的紧身裤

或牛仔裤,里面可以选择羊毛或棉质内衣裤,绒面、格纹男士衬衫(男女都可以当外套或室内穿)、高领长袖紧身衣、T恤衫、薄纱或羊毛长丝巾,防水鞋或防滑靴子,厚羊毛袜或棉袜,有弹性的深中颜色的帽子等等。是否准备太阳眼镜和护耳罩依情况而定。如果可以把自己像洋葱一样层层包裹、多样搭配,就已经接近寒带旅游成熟游客的称号了,因为"层次穿着"即达到至寒带旅行穿着的最高境界了。

从各地、各国旅游者的着装和言谈举止中,让大家可以一目了然地看出游人来自何方。希望我国的朋友们在愉快的旅行途中,给当地留下良好的印象,不负有五千年文明史国家的口碑,做一路文明和快乐的使者。

把握TPO原则是现代文明社会的需要,许多职业人士现在已经十分在意自己在社会环境中的整体形象,也会很好地掌握着装的潜规则和具体情况下的分寸,适时、适地地结合中国国情,使自己的职业形象更加专业化。当今世界上不少的服装设计大师们,也在呼吁和设计不同场合、事由下可以通穿的服饰,这样做既可以节约开支,又可以减少大家在这方面的精力的投入。比如全球日益变暖的今天,不少发达国家为了降低大气中的温室效应,规定办公室温度不能低于26℃,这样对在夏季也要西服革履上班的人士是很不适应的,不少公司已经请服装设计师为员工们设计既有职业感觉又不需要打领带的服装。不少知名的设计师在自己的服饰设计作品中也体现了简约生活的意识,设计出来的服饰既可以在职业的时段中穿着,也可以在休闲的时间里搭配。我国在社会发展的过程中,既需要与国际接轨,了解职业形象管理方面的潜规则,又需要依据我国国情和实际情况,智慧地、勤俭节约地塑造自身得体的职业形象。

②1 非语言符号的表达

从 20 世纪 60 年代开始，世界上不少专家对非语言的身体动作所代表的内心状态进行了大量的研究。研究过程中他们发现，人们正常的交谈速度约在每分钟 100~120 字左右，但是在相同时间里，每个人大约可以思考 800 字左右。身体语言即是这些没有被说出来的思想和情感的自然流露形式。平时人们在相互的交往中，常常只关注自己说话的内容，一些重要的交流过程中，有的人会费尽心机地斟酌自己语言表达的分寸，担心对方是否会识破自己的天机。其实你说话时的一些非语言的状态，早就把你的内心想法告诉对方了。我们在一些不方便语言交流的国家里，发现自己的身体语言可以帮上大忙，在那些地方大多数交往都仰仗自己的比比划划，比如想买两张地铁票，在窗口只需要竖起两只手指，就能达到自己的目的。可以说，身体语言是和音乐、色彩一样的跨国界的世界性的交往方式之一。

所有研究身势学的科学家都一致认为，交际能力在人类进化的过程中起到了最大的促进作用。他们还总结出，每种交际都是在数据层面与模拟层面上进行的，数据层面也称为内容层面，模拟层面也称为关系层面。关系层面上的模拟信号与说话者的内心想法密不可分，最能够清楚地揭示说话者话语之外的信息。所以科学家认为，内容层面的信号提供信息，而关系层面上的信号提供有关这些信息的信息。商业场上有经验的人常常会从对方非话语的信号中了解说话者的真实意图，发现话语字面和真实想法背道而驰的地方，帮助自己揭穿对方的欺骗性。比如在某次商务谈判时,一方看见谈判对方好像很难对付,面无表情、不动声色地坐在那里。只好试探性地报出了偏高的价格预算,心里认为对方肯定还是会讨价还价的。可是当自己发现了对方的一个不经意的动作后,就死死地坚持这个报价,结果顺利地达成了满意的谈判结果。对方泄露内心状态的动作是:原本身靠椅背的坐姿,听到报价后变为前倾的状态,眼睛也专注地看向对方,明显地表示了对这份报价的认同感。可能对方最后连自己都没有搞明白,一个无意识的身体动作就让自己公司多付出了资金。而敏感的看出对方内心状态的一方,深深了解任何突如其来的外部姿势的改变,都是相应的内部变化的反映,所以在商场上才可取胜。商务场中有经验的谈判专家们不是不动声色,就是谈笑风生,不仅在内容层面的表达中游刃有余,在关系层面的把握中也操控自如。

人自呱呱落地就会无师自通地运用身体语言,可是,好像谁也没有有意识地理解它和运用它,大家更为注意对有声语言、书面语言所传达信息内容的分寸把握。我们可能曾经遇到过这样的情况,当你在讲台上侃侃而谈的时候,面对的听众中有的人正襟危坐,有的人双手环抱,有的人舒服地靠在椅背上,你可能会被他们的身体姿势所表达出来的信号所影响,认为自己的讲座内容不能完全引起所有人的兴趣。其实只要你细加分析就会知道:正襟危坐的人,的确是身心一致地喜欢你的讲座内容,他们的身体姿势已完全说明了这一点。取双手环抱的人,或靠在椅背上的人,不一定是在否定你的交流内容。在讲座的互动环节中,对你讲座的内容最感兴趣、最能理解和最踊跃的交流者,也可能就是他们。他们的身体姿势仅仅是平时的一种生活习惯而已,他们只是习惯在思考时使用这样的坐姿。

由此可以得出这样的结论:内容层面和关系层面上的信号,并非在所有的情况下都保持一致,当然一致性会更具有说服力。然而,一些模棱两可的不确定性行为表象常常会引起误会。东西方人士在交流时,由于文化和生活习惯的差异,会存在一些不容易沟通的地方。比如西方人要请你吃饭,某些东方人会不好意思地说不用了,西方人会以为你真的不需要,就会放弃这种想法,其实当时东方人可能只是习惯地寒暄一下而已。与西方人打交道时最好简单、明确地表达自己的想法,不需要用过于含蓄的方式与他们交往。

最早研究非语言符号领域的著作,是达尔文于 1872 年出版的《人类和动物的表情》一书,当时的许多理念和观察已被现代科学家研究和证实。研究人员观察和记录了大约 100 万种非语言的暗示和信号后发现:一个信息产生的影响,只有 7% 是语言的,38% 是嗓音的(语调的抑扬顿挫和其他声音),55% 是非语言的。还有研究结果认为:人与人见面交谈的比例不到 35%,而非语言方式的沟通占约 65% 以上。我们形容他人的文明程度往往习惯用"言谈举止",简单的四个字恰好总结出包括内容层面和关系层面在内的交流方式。现代职场人在竞争激烈的社会环境中要想立于不败之地,十分有必要了解和提升自身非语言符号的交流技巧,使自己的职业生涯更具专业化特色。

身体语言符号可以简单地归纳为五类:举动、面部表情、手势、距离、声音。下面我们通过举例,来逐一分享这方面的基本概念。

① 举动

　　举动,指的不仅是人们做的动作,也包括改变姿势或影响姿势的活动。比如当某人要和大家讲一件极其保密的事情前,会下意识地四下张望看看,甚至会关上门、窗再靠近大家。这种举动一定会引起别人的好奇心理,他自己的心里也会觉得十分保险。再比如父母在教训孩子时,孩子内心的不服气,可以从他懒洋洋地靠在门边,头向一边歪曲,双脚不断地变换位置的身体姿势中看出。还有,当对方不知趣地在很晚的时间里,还滔滔不绝地和你大侃一些你不感兴趣的话题时,你会抬起手臂看看手表作为暗示和提醒。有的人平时遇到事情犹豫不决、没有主见时,就会不由自主地摸摸鼻子。极个别的管理者在面对公众讲话时,边念稿子边舔湿手指翻纸张的举动,也会暗示出平时不拘小节的生活习惯。有的年轻人在应聘、谋职时,一进房间就不自觉地整理衣服, 这种动作会在招聘者面前暴露出不自信的心理状态。或者有的人在很多人面前讲演时,一直不敢直视前方,整个讲演过程一直是低着头急急忙忙地念稿子,这样的演讲效果可想而知。职场中大家都认同胸有成竹的、自信的人士。第一次面对大家谁都会紧张,在做好一切准备工作的前提下,希望你在演讲时试试这种方法:上去之前做三次深呼吸,让自己的气息下沉,免得有心都要提到嗓子眼的感觉。另外直接地站起来,直接地走上去,目光一直坚定、直接地正视着大家。这些举动让别人会感觉到你成竹在握的精神状态,对你自己也是一种自信的暗示。

　　近年来,我一直是一个优秀的青年小提琴演奏家李传韵的"粉丝",我欣赏他娴

熟的演奏技巧，和不拘一格的、表现力丰富的乐曲处理手
法。在观看他的演奏时，我发现他的面部表情几乎是不动声
色的，可从他指尖流出的乐声，常常表现了他自己内心汹涌
澎湃的激情。这种外在表象与内在状态的矛盾，是被他演奏
时脚的动作暴露的，脚是最不能掩饰人们内心真实情感的
部位。李传韵不断变换双脚的动作，以及脚一直在有节奏
地、激情地配合着他如醉如痴沉沁在乐曲中的心理状态，是
符合科学家的理论的：脚是离大脑最远的身体部位，也是最
容易暴露内心状态的地方。

生活中我们可以刻意的观察一下，不论是保持站姿还
是坐姿时的人，如果脚踝或双腿交叉，都会带有封闭式的、
防御式的心理状态。而保持两脚分开的站姿和坐姿的人，一
定是有着心胸坦荡、开放式
的、友好的、轻松的心理表
示。人们在听到震惊的
消息时，最早的身体
反应常常是脚会

下意识地退后一步。当几个人一起站着
谈话时，内心对你并不认同的那个人，
脚的方向一定是朝向别处的。还有生活
中不拘小节的人，在公众坐的长椅上会
漫不经心地抖脚、抖腿。我们平时一些
不注意的举动，都会比自己的语言更清
楚地展示你的内在，刻意的调整我们的
非语言状态，是现代文明社会的需要。

② 面部表情

　　面部表情,指的是人面部发生的变化,比如眉开眼笑、满脸堆笑、面红耳赤、面色苍白、目光炯炯、目光呆滞等等。再细分可以分成两大范畴:一是指表情自身,由于心理的变化,自然产生的、转瞬即逝的、不断改变的面部表情。二是指面貌 ,是一个人由于个性原因,而长期形成的"长在面部的表情"。比如个别的内心不容易感到满足、欲望过多的人,由于现时不能实现他的欲望,长期眉头紧锁后产生的明显的眉间纹路。再比如有的人常常不会宽容地对待别人,看见不认同的事情就会下意识的撇嘴,结果自己的脸上就留下了常年带有厌恶表情的厌烦纹。

　　研究身势学的专家还把面部分为上、中、下三个部分:额部、眉部的运动,更多的是反映人的思维过程和分析过程。眼部、鼻部、颊部被称为是视觉的注视范围,是人们在交流时最能直接判断其内心状态的区域。嘴部和下颌在交换信息时 ,起到阻止信息进入个人意识以及防止自己内心想法泄漏的作用。仔细观察一下,大家就会发现自己的表情是多么的丰富,会不经意地暴露自己的内心想法。当你对一件不可知的事情很感兴趣或者吃惊时,自己的眉毛会不由自主地高挑,额部会产生横向的额纹。而当你全神贯注专注于某件事情时,自己的眉间会出现纵向的纹路,有的人的眉毛也会纠起来,当人们在痛苦或愤怒时也会产生这种表情。

　　当然,人的内心状态不会只在面部的部位单独呈现,也会与面部及身体其他部位的动作同时出现,我们不能单单只以一个面部局部部位的表情,作为判断对方心理变化的依据。但是我们如果可以从一些微妙的、转瞬即逝的表情动作中抓到一些蛛丝马迹,就可能会在商务谈判中赢得最终的胜利。比如有经验的谈判专家会刻意地把谈判对手的座位安排在面对窗户光线的一边,自己则背对窗户而坐,目的是为了方便自己观察对手的一举一动,从而做出准确的判断。比如当对手听到你的提议后,眉头紧锁,但眼睛是紧盯着你的,表示他正在认真思索你话中的含义。如果他皱眉的同时眼睛看着别处,可能他对你的提议有疑问或怀疑,也许正在考虑你建议的可行性。甚至有的专家会从你瞳孔的变化来判断你是否在表达真实的意图。因为人在光线下,由于剧烈的情绪变化,瞳孔可能会放大到平时的四倍左右。而生气或情绪不佳的时候,瞳孔就会收缩,所以控制眼睛的交流是成功交谈的第一要素。因为人类通过眼睛接收到的刺激,占所有外部刺激的80%左右,"眼睛是心灵的窗户",也说明了眼睛的变化与人的心理过程及变化有着紧密的联系。正直的人眼光一定是真实、确定、坦率、温暖的,"心底无私天地宽",可能就是在形容这种人的心理状态。而内心狭隘、心理不健全的人看人的时候,目光一直会游离不定,有时甚至会斜眼看人或者低头不看人。

有的学生曾经问过我:为什么他们把我给别人做造型的一招一式一点不落地都学着作了,但是做出来后,还是觉得整个人缺乏生动的感觉。我和学生们分享的经验是:我做造型时,不仅只是观察和考虑对方的表面形象,更重要的是从对方的眼睛里了解到很多最真实的信息。当看见对方有一种闪烁的、游离的眼光,就能够判断出其不自信的心理状态,会真诚地夸奖对方值得自豪和骄傲的优点,让其能够扬长避短、自信的面对生活。看见对方斜视着的、翻着白眼的眼神,会知道此人平时一定自视清高、自命不凡。做造型时会刻意让其知道山外有山、天外有天,谁也不会是井下那个最大个儿的青蛙,井台外面的巨型青蛙多的是的简单道理。具有这种眼神的人,有的是属于无知无畏型的心理状态,也有的属于用强悍的、过于自尊的外表来掩饰自己内心虚弱的、自卑的心理状态。我们只要以诚相待,真心地与其交流和帮助,谁都会接受关心自己的、利于自己发展的建议。所以,有的被造型后的主持人,曾真心地说过这样的一句话:徐老师,你不是在做化妆,你是在化妆我们的生命!

在职场中的交流,眼睛的变化可以说明当时大家心里的想法,比如最正常的应该是"眼睛对眼睛"式的交谈,西方科学家称为E-E交流(即 Eyes to Eyes),认为这样可以建立起沟通的真正基础。交谈的过程中,如果和对方的眼神相遇到2/3的时间,而且他的瞳孔也有些放大,说明对方对你的话题很感兴趣,甚至认同你的个人魅力。在同样的凝视时间里,如果瞳孔缩小,说明对方已经开始产生愤怒的敌对情绪

了。假设和对方的眼神交流时间还不到 1/3，会产生两种可能：一个可能是，对方对你的话题不感兴趣，注意力不集中。第二个可能是，对你不信任，产生了怀疑，正在思考你的真实意图。

一些刚刚参加工作的年轻朋友，最好事先练习一下眼睛交流的技巧，以免在社交环境中被人认为是胆小不安的人，或者是属于关注力不集中的人。开始上班前，可以在与家人和熟悉的人交谈时刻意练习，眼睛看着对方眉眼之间的三角区说话，这个位置被称为业务性的凝视区域，这样可以形成一种严肃的谈话气氛，使对方感觉到你的认真态度。我们要知道，高于对方眼睛水平线的凝视可以帮助你有效地控制互动局面。

大家可能没有试过，在自己面部中间部位有一种有趣的现象，在你眼部完全放松的情况下，嘴部一定也是放松的状态。反之，当眼部专注时，嘴部也一定会紧紧地抿着。比如钢琴演奏家们的眼睛专注地看着谱子演奏时，没有一个人的嘴是放松的正常状态。唇部在表情意义上会表达十分丰富的内心状态，吃惊时多数人会无意识地张大嘴巴，快乐时嘴角一定是两边向上翘的，愤怒时嘴角会两边向下撇。在表情的变化中，眼睛和嘴部会几乎同时发生变化。有些人在担心自己泄露秘密时，会下意识地闭上眼睛和嘴巴，甚至还会用手指压在唇部，这都是一种下意识的封闭式动作。而眉开眼笑时，大家的嘴一定不会是紧闭的状态，所以也有"张开的嘴部代表开放的心灵"之说法。

③　手势

　　手势，指的是手臂和手部的一切动作。以姿势助说话，是每个现代人都会下意识表达的。其中手势幅度的大小会暴露出人的个性和当时的情绪状态。比如从容的、缓慢的大幅度手势，带有激情和紧迫性的感觉，由于它的生动性能够引起人们的注意，这种手势常被称为"领导者的手势"。也有当时的感情越强烈，手势的力度就会越大的说法。而仓促的、忙乱的大幅度手势，会给人留下狂妄自大和爱出风头的印象。小幅度的手势在表现上代表不同的心理状态：谦虚的人、内向的人、不愿引起别人注意的人，说话时的手势幅度不会过大。而工于心计的人、狡诈的人也试图以这种手势制造一种谦卑的假象，这就需要人们敏锐的观察和判断了。平时有些人与你说话时习惯用手捂着嘴，这种下意识地借助手的保护作用的做法其实表达了迫使别人集中注意力听他说话的欲望。还有的人一不小心说出了一个不该说的秘密，会快速地捂住自己的嘴，这种手势是下意识地希望将不该说的话堵回去。

　　科学家认为，一个人越是保持了真实的本色，他内心和外在的信号就会一致。我们常常发现，在和一些人握手时，有的人会大力地、长时间地握住你的手，你马上会感到对方对你的重视和尊重，同时也会感觉到握手者内心的真诚和热情。当然握手时间过长（男士和女士之间），也可能会造成不必要的尴尬情况。有的人的握手方式是轻轻地、软软地、碰一下似的握住你手指的前端，你马上会感到对方是一种应付式的、礼节式的动作，但也会加重你对对方的生疏感觉。这种软弱无力的握手方式有时

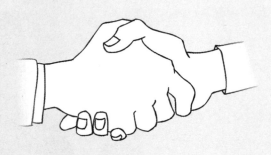
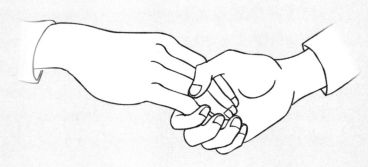

会表达出对方居高临下的心理状态,也会让人感觉到握手者本身的不自信。刚入职场工作的朋友,私底下请一定感觉自己握手的力度,以利在交往中得到他人的认同感。

手势最容易迅速地表达一个人的心理状态。开诚布公的人,习惯在说话时将两手摊开;犹豫不决的人,习惯说话时双手互搓;而自我封闭的人,习惯将双臂抱拢,这种姿势带有防御和不自信的信号。有的人如果在抱拢双臂时还攥着拳头,证明此人已经开始有愤怒的情绪了。假如你正需要和他做职业性的沟通,可以想办法把他的双臂打开,比如请他看手中的文件,或者给一只笔在他的手里。一般情况下,手臂打开的同时,情绪也可以得到缓和。

在职场中最不被人注意,但最具有力量的非语言符号就是手掌的姿势,手掌姿势如果运用得正确,可以赋予使用者一定的权威性,对他人实行无声的控制。比如要求一个人到你面前来,礼貌的手势是伸出向上的手掌向内示意。而只伸出食指,其余手指向下握拳的手势,带有强迫性和命令性的感觉。领导者或者新闻发言人在公众场合请记者提问时千万不要用这样的手势,会带有不尊重人的感觉,用"请"的手势会更有礼貌一些。有的人在说话时,会下意识地伸出大拇指,其余手指握拳向

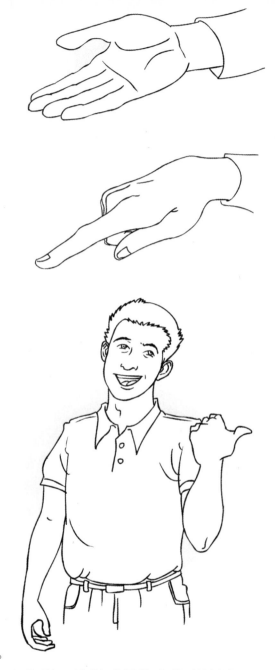

自己肩后示意。这种动作会在社交场合中造成误会，别人会认为你是一个过于自负的人。尤其不能把摇动的大拇指指向他人，这是一种轻蔑对方的动作。

④ 距离

距离，指的是人与他人或物体间的距离，也包括心理情绪的变化和目标距离的突然改变。人类是在本能的情况下和他人及物体产生距离的，科学家将分其为四大区域：隐私区域、个人空间、社会地带和公共地带。

隐私区域 西方人习惯把人的隐私区域称为"气泡"，认为人们只要觉得在自己的气泡里面就很安全。平时大家习惯地将可能对自己会产生压迫感的人阻止在自己身体的半臂之外。各个国家由于文化传统不同，气泡的大小也不一样。个性外向、奔放国家人的气泡大约在半臂左右，个性内向、含蓄国家的人的气泡在一臂左右。人们允许进入自己气泡的人，一定是自己认为最值得信任和亲密的人。比如父母、配偶、子女和亲朋好友。只有身体可以接触时才能进入这个区域，核心地域只有 15 厘米左右。

生活中我们常常遇到这种情况：有些人在想和你说一件似乎很秘密的事情时，

向你靠得很紧，甚至趴在你的耳朵附近说话。如果这是一个和你没有亲密关系的人，你的身体会下意识地向外躲避，回到自己的气泡里。女士会下意识地、礼貌地将书包抱在胸前，或者采取双手抱臂的防范姿势。职场中有这种习惯的人请注意尊重别人的隐私区域，有时轻视别人的隐私区域的同时，也没有尊重这个人。比如某单位在全体领导开会时，下属有要紧事需要通告，就可能会产生这种举动。那时不仅轻视了这位领导，还不礼貌地轻视了在场的其他领导。因为这样说话好像是怕打扰现场，其实给其他在场的领导留下了自己都不被信任的感觉。文明的做法是可以写一张纸条放在领导的前面，或者开诚布公地和现场的其他人说明有急事需要打断一下，请领导到会议室外面再报告。

在职业工作的空间中，管理者的办公桌比下属的要大许多，这不只在说明等级的区别，也在暗示与其谈话对象的距离需要大一些。我们常常发现，当人们与职位比自己高的人交谈时，和对方身体之间的距离较大，而与比自己职位低的人交谈时距离会较小。这种情况说明地位越高的人，占有的隐私空间就越大，这种距离本身就在暗示领导者具有的权威性和责任感。西方职场中有这样一种有趣的判断方式：如果下属将文件从大办公桌正面递给领导，说明他们之间属于正常的上下级工作关系；而个别人如果绕过大办公桌，来到领导的身边近距离给文件，说明他们之间除工作关系之外，还可能有其他的一些微妙关系。

个人空间 隐私区域的外沿即是个人空间的起点，获准进入个人空间的人，与我们的关系介于亲密者和较陌生的社会关系之间，和自己的身体距离大约在 45 厘米到 1 米左右。每个人所需要的个人空间的大小与他成长的环境的人口密度有关系。在人烟稀少地区长大的人，所需的个人空间较大；而在人口密集的城市地区长大的人，所要求的个人空间较小。我们会发现，在乡村生活的人，握手时两个人的间距较大；而在都市生活的人，握手时两个人的间距较小。

每个人在不同的社会环境中生活，遵守在公共场所的道德观念，是现代文明社会的需要。比如在拥挤的地铁或公共汽车上，人与人之间会无法避免地身体互相接触,文明的做法是尽量不大声喧哗、不乱挤乱动,甚至最好不要直视身边人的眼睛。在邮局、银行、机场等公共场所里,当需要排队等候时,一定要耐心地等待在黄色 1 米线之外,等前面的朋友办完手续后,自己再上前办理。1 米线,是在保护别人的隐私,也在保护你自己的隐私,千万不要前胸贴后背地挤在别人身边。不考虑别人有隐私的人,在侵犯别人的隐私区域时,不会感觉到有任何的防御信号。这是一种既不尊重别人,也不尊重自己的遗憾做法。在商业服务职场里工作的朋友,你的工作性质可能是商场的售货员,或者是饭店的服务员,请遵循客人可以接受的服务空间的原则,不要过于靠近地或疏远地从事服务性的工作。比如靠在餐桌上近距离地等候顾客点菜,或者站在远远的地方等顾客招呼才慢吞吞地过来,甚至不问一声就拿走桌上的物品等等行为,都是不合格的。

社会地带　社会地带紧接着个人空间,范围在和我们只有泛泛之交的社会人士之中,比如熟人、同事、邻居等等。和我们身体之间的距离,在接近 2 米到 4 米左右。日常生活中,一个人所拥有的地盘和地段构成了他自己的私人空间,比如家、汽车、办公室等属于个人的地盘。而院墙、大门、篱笆、车库门等属于自己的地段。每个人在感到自己的地盘和地段被侵犯时,都会为此而反抗。

　　由于经济条件的变化,有车族已成为一个庞大的群体,在公路上行驶时的公共道德也提到了议事日程上来。有的人强行超车的做法会引起后车驾驶者的愤怒,对于这种愤怒的心理大家都完全可以理解。因为在行驶时,车与车之间的距离也属于人的社会地带范围,当有人不遵守社会准则,侵犯了别人的社会空间时,愤怒的心理是正常的、可以理解的。有的人会理智地不予以计较,有的人会加速赶上,在道路上展开一场别车大战。这种非理智的行为不但会造成正常社会秩序的混乱,还可能出现生命的危险。

　　我们在平时也会遇到这种情况:一个销售人员向别人推销自己的产品,说话时由于咄咄逼人,离得对方太近,对方突然迅速地走开。走开的人一定是不接受对方的推销,希望尽早回到属于自己的地盘中来。明智的销售人员拥有成功的业绩,首先来源于对社会人士的尊重,其次才是可能更好地完成自己的销售任务。在我们居住的小区内,时常会遇到这种情况:在你前面开门的那个人,有的会关心地多拉住门一会儿,让你方便地走出来。也会遇到个别的人在你鼻子前面"嘭"的一声扬长而去,让你感觉碰了一鼻子灰。

大家都生活在文明的社会中,一些不经意的小小举动可能会在别人心中洒下一片温暖,也可能会留下不愉快的印象,其实只要人人都献出一点爱,人人从自身做起,我们生存的世界会变得非常美好。

公共地带 公共地带的距离包括所有个人地带以外的距离。比如老师上课时和学生之间的距离,听音乐会、看电影的距离,甚至电视节目能够传播四方也算做公共距离。可以夸张地说,公共地带几乎能扩展到无限大。包括大家在家里收看影视节目,虽然身在远离电视台的私人空间里,可是高科技的电视技术把画面传送到每个人的跟前,大大拉近了主持人、演员们和大家的距离,因此人们对知名的演艺界人士逐渐产生了自己的好恶,所以不难理解追星族们的激动与狂热。明星们在一些场合遇到粉丝们的过激行为,都是大家彼此间一直在一种近距离关系的情况下,产生的"我们太熟悉了,可以无隔阂地亲密接触"的结果。

从明星的角度思考,可以理解他们希望具有自己的隐私区域,自己的私生活应该得到保护。但是当自己已经成为一个公众人物时,应该具有足够的思想准备,在享受前面风光的同时,自己也一定会失去生活中的一些东西。从追星族的角度考虑,可以理解他们有选择自己生活方式的权利,他们倾心地把属于自己的生命时间,都给了自己喜欢的一些人。他们希望可以有回报,其实他们要求的回报仅是明星的一个微笑、一个签名,或者一个拥抱,就可以让他们兴奋很长时间,真正有过激行为的粉丝还是属于少数。追星的心态是人们在成长过程中的一个阶段,不同年代、不同年龄的朋友们在心中都曾有过自己的偶像,年龄大的人假设遇到自己心目中明星,远远的一个祝福来得更加真诚。年轻人即使控制不住自己的内心激动,也请尊重明星的隐私,设身处地地为你们的偶像着想,真正的亲切关心是建立在人格尊重的基础上的。

⑤ 声音

　　指的是非说话内容的响动。在于声调、语调、停顿、音强及抑扬顿挫等方面,此外还包括无意识的咂舌声、叹息声或呻吟声等等。声音的变化使人们不单从视觉上感觉到对方的心理状态,还可以在非视觉形象观察的前提下,感觉到对方情绪的变化。当今,各城市广播电台拥有大量忠实听众的理由也在于此。听众们从每个播音员的声音特征中,会揣摩出他们的个性及年龄。只靠听觉来对他们做出自己喜欢与否的判断,他们每个人声音的节奏、语速、声调、语调,甚至每个人说话时的清晰度、停顿,都构成了大家认同与否的依据。比如大家认为快人快语的人生活中一定也是干脆、利索的个性。说话时慢慢吞吞、哼哼哈哈的人,大都不会受人欢迎。说话时字正腔圆、清晰有力的人,人们一定会对他的形象分值加分。人类在和社会的交流、沟通过程中,视听感觉成为判断对方的重要依据。不少职场朋友现在已经开始十分关注自己的视觉形象,但是听觉形象的调整,也是在竞争社会中可以助自己一臂之力的重要参数。

声音节奏　平时大家很少分析自己说话的具体特点,比如当一个人说话的语言节奏和别人预期的一致,就很容易被大家接受。但是假如在说话节奏中有一些特别,比如方言味道很重或外国人说中国话,都会引起大家特别的注意。在非语言符号中,无内容的声音只要有特殊的节奏,即使是身处异国,人们也会听出一些端倪来。比如有人受伤了,旁边救助的人一定会用这样的节奏说:快!快!快抬起来!当时如果有外国人参加救助,一定会从节奏的感觉中听懂了大家说话的意思,会立即付诸行动。语言节奏几乎不包含任何信息,但是只要是和关系层面的状态结合在一起,内容层面的意思会让大家立即明明白白。在语言节奏的艺术处理上,我国评书的风格特点就十分独特,而正是这种语言节奏表达的独特性,才形成了深受大众喜欢的评书艺术的魅力。

此外，平时一个人说话时语速的快慢，很可能说明你对这件事情的掌控程度。比如在职场中，经常有机会在大家面前做工作表述的人的语速，和刚调到这个单位来工作的人，说话的语速肯定不一样。对常年熟悉的工作程序的了解和掌控，以及处于一个常年熟悉的工作群体之中，说话的语速一定很快、很自信。有时在这种情况下，会出现一些表达不清楚的专业词汇，就是因为自己太熟悉这些词汇所代表的含义了，忽略了听者的感受。所以在对别人表述一些专业词汇时，一定要放慢语速，才是真正的专业性做法。现在一些朋友的工作主要是向客户介绍自己所在公司的业务，比如保险界的业务员、商品的推销员、导游、售楼处的工作人员等，有的人因为常年都在向客户介绍相同的内容，自己已经背得滚瓜烂熟了，在说到这些具体的内容时滔滔不绝，像连珠炮似的说得飞快。可是客户们在同样的快节奏、同样的飞快语速的声音中听得一头雾水，对你刚才辛辛苦苦介绍的内容，还是云里雾里的十分茫然。这种没有效率、没有结果的工作习惯，是在浪费自己的生命，也同时在浪费别人的生命。

　　要想达到预期的效果，首先应该明白，你面对的每一个人都是新面孔，他们现在能够听你介绍业务内容，就是一种缘分。只要我们带着分享的美好心态，认真地、真诚地和大家交流，我们的语速和节奏就会自然而然地生动和准确。所以在工作时间里需要表述一些信息时，听众对你的表述中的专业词汇越不熟悉，你的表述就应该越慢。此外，为了达到预期的结果，可以在过程中停顿一下，提个有趣的问题，举个生动的例子，使太抽象化的信息变得生动和吸引人。

掌握停顿的技巧　在说话的过程中举足轻重。听演讲时，我们发现，有的演讲者的停顿是便于思考，而有的演讲者的停顿是为了加重后面话语的分量，这种停顿往往出现在一个段落的结束，或全部内容即将结束之前。业务讨论时，管理者表述时的停顿是为了给别人说话的机会，这种停顿可能是成功控制局面的一种方式，即以沉默来促使别人发言。还有的停顿是在说到一个内容时又想到了别的内容，之后会用新的意思来完善前面的内容。

现在年轻朋友中想做电视播音员、主持人职业的人很多,我国已有很多大学开设了这种专业。电视主持人、播音员是以视听方式和大家交流的,在某些院校里对于这两方面业务的教学培养能力都略显欠缺。比如我到各电视台做业务培训的过程中,了解到由于学习过程中对视觉形象中非语言符号的基础训练不够,工作中一些主持人、播音员的播出状态都或多或少地存在问题。有的播音员播报前会给大家打个招呼,而打招呼和后面的新闻内容中间完全没有停顿,一气照念下来。不少播音员在播报时,经常是面对提示器念完内容就完事,对播报内容中的语气、停顿一点都不做思考。时间一长就会变为一台播出机器,自己原本向往的职业过程,会感觉成为一种单调、枯燥的周而复始的重复。对于已经在工作岗位上的播音员、主持人,改变这种心态的唯一方法,就是带着分享的心情工作,想一想你正在播出的节目内容,电视观众是后于你才知道,你幸运地比大家先知道这些信息,你播出的过程中也是在享受分享的快乐。当然自己播报专业的水平和事先对稿件内容的熟知,也是保证播出状态生动、真实、可信的关键因素。

声音响度 大家平时在激动时,会无意识地提高我们说话的响度,不论是遇到需要自卫反击时,还是需要强调重要的观点时,都会把自己的声音提高。职业场合里,我们最好控制自己的声响,以免影响其他正在工作的同事的注意力。尤其在公众场所里,我们也最好彼此降低说话的音量,使大家处于一种清静、舒服的环境之中。比如在机场的环境里,人来人往、熙熙攘攘,声响是不可避免的。但有时候我们发现,旅客们说话的声音倒是不太大,而机场中的某些服务人员彼此间的大声呼唤倒是不绝于耳。可以理解,机场中的一些工作人员原来在空旷的环境中可能已经习惯高声说话了。但是换了一种工作环境后,就应该遵循公共场所的文明要求,机场的培训部门在这方面应该加以管理,避免影响城市大门的形象。尤其在饭店这样的环境中,互相制造的嘈杂噪音使本该轻松的用餐过程变得喧闹、不安。饭店营业时播放高分贝的音乐,有的饭店以为是一种招揽人气的做法,其实可能反而有违其精心装修、希望营造高档服务场所氛围的初衷。绝大多数的顾客习惯在安静的用餐场所里享受用餐过程,也喜欢和一两知己、家人在用餐时聊聊天,聪明的饭店经营者会精心挑选轻柔的背景音乐,营造温馨的用餐环境,这样感觉的用餐环境才会真正吸引客人们前往。媒体中一直在反映,我国的有些游客在境外的公共场所里已经变成一道"独特"的风景线,走到任何地方都会带来一路喧哗,尤其喜欢在饭店里大呼小叫,这种不良的生活习惯有损于我国礼义之邦的传统以及国人的整体形象。所以刻意地控制自己的声响,是一种身处文明时代的基本要求。

声音的清晰度 生活中大家都愿意倾听说话清晰者的表述,而说话含混者的表达方式,常常让别人产生排斥。正常交流的前提,是可以让别人听清你的表述。我们有时会发现,平时一些说话很清晰的人,在某些叙述的表达中也会有含混不清的时候。仔细分析是其在遇到自己也没有完全搞清楚的问题时,会下意识地含混不清地一带而过。由此可以断定,一个人对自己的话题越有信心,受消极情感的影响越少,他的发音就会越清晰。管理者可以从下属汇报工作时的表述是否具有一贯的清晰度,来判断下属汇报内容中的可信度。如果发现其中带有含混语态的时候,可以打断来追问一些具体问题的详细结果。有心的管理者如果练就一副好"听力",会方便自己成功地控制工作局面,帮助下属完善工作状态,避免不必要的错误发生。管理者在追问时,还可以请下属复述你当时的工作要求或批示。一般而言,下属若熟悉当时的计划或要求,他的反馈信号会清晰响亮,反之,则会含糊其辞、颠三倒四。

⑥ 外部姿势语言与内部姿势语言

我国古代就有对人的非语言状态的精辟论述,譬如:站如松,坐如钟,就是大家耳熟能详的基本身体姿势规矩。从一个人平时的站姿可以看出不同的心理信号:站立时两脚自然打开,身体直立的人说明了具有一种直率的、开放的、坦诚的、坚定的

心理状态。而双脚并拢，双手下垂相握的人，说明他具有一种毕恭毕敬、唯唯诺诺的心理状态。例如演讲台上的站姿，就会有自然直立的状态和倾斜依靠的状态出现。自然的、自信的、胸有成竹的演讲者的站姿，一定是"站如松"。而紧紧抓住演讲台，身体向一边倾斜、需要支撑物的站姿，说明了演讲者内心的不自信。有的人在站立时，腿部会交叉在一起，这种姿势也是一种心理信号，表明了否定的或者防御性的态度。如果身体姿势在交叉腿的同时，还交叉地抱紧了双臂，这说明心理已经出现强烈的防御性和敌意。

　　我们可以刻意地观察一下：几个站立的好朋友在聊天时，双手摊开、双脚也会站开的姿势所占的比例很大。而双臂紧抱、双脚交叉站立在一起的人，他们之间的关系一定不会那么放松和亲近。通过人们在行走时的活动姿势也可以看出其心理的深层状态。有的人走路时目光坚定，不会左顾右盼，走路以流畅、灵活和富有弹性的步履向前迈进。也有的人走路时目光游离、东张西望，僵硬、拘束和拖拖沓沓地行走。人们假如看到了这两种不同的走路方式的人，对他们产生的判断肯定不一样。会认为前者一定是个内心明朗、豁达、开放的人，而后者一定封闭、内向和不自信。大家的坐姿也会把当时的心理状态体现出来，比如把身体重量放在骨盆的中间的坐姿，即是一种"坐如钟"的姿势，这种坦率、灵活的姿势表明他乐于接受环境的影响，并能很快融入进去。应聘时最好采取这种从容的、专注的坐姿，对方会接受到你的信息，并对你本人产生兴趣。把身体重量放在骨盆前面的坐姿，两脚常常是一前一后的姿势,这是所谓的心理逃避姿势,因为身体重心在骨盆前方时,人可以迅速地起身走开。假如对方采取这种姿势和你商谈,坐姿暴露了其实他的内心根本没有诚意,他可能正在产生紧张荷尔蒙,大脑正在飞快地算计是否值得和你合作。而你也最好放弃改变局面的努力,不必再和他浪费时间了。把身体重量放在后面的坐姿,暗示出两种内心姿态:一种是有的人平时只要坐下,就会采用身体后仰的姿势,这种懒洋洋的半躺半仰的"心灵漫步"的姿势,已经是他的生活习惯了。还有的人在向后仰坐的同时双臂环抱,眼睛向下、头部后仰地看人,我们可以一目了然的判断:这是一种傲慢和自负的姿态。

生活中每个人身体或者声音的非语言符号都是在大脑的支配下表达自己的内心状态,也可以称为自己的社交名片。"相由心生"就概括地说明,每个人有时不自觉的、下意识的身体姿态和声音特点,都是自己内在心理姿势的外化。激烈竞争的职场中的朋友们,是否应该有意地调整自己的非语言符号,改变自己的一些不良身体姿势和声音习惯,避免带来对自己的不必要的误解和对职业生涯的影响。只要大家相信"相随心生"的道理,不见得非要一招一式地模仿某些姿势,也不需要刻意地遵照某些条条框框,心动才可行动! 只要具有一种开放、真诚、善良的心态,你的外部姿势语言也会自然地产生良好的变化。

个性与形象 3¹

性格决定命运！歌德的这句话得到过大多数人的认同。一些研究印象管理的学者又提出了"形象决定命运"的最新说法。他们认为在人类行为和心理领域，形象的概念反映出的是一个人与众不同的东西，也就是丰富而多样的一组组特征，正是这些特征使每个人保持与众不同，并能激励人们做出自己特有的贡献。在这个领域中，形象是唯一的力量，也是最强大的一支力量。我们可以这么理解，不论是单独个人的形象，还是由单独个人组合而成的群体形象，个性是最鲜明的形象特征。每个人具有个人的个性差异，每个群体具有群体的风格特征，是真正能够在别人心目中留下印象的记忆符号。我们不能设想，一个整天昏昏庸庸的人在做事情时会有不凡的创举，一个松松散散的集体会在社会上有成功的业绩。把握印象管理的艺术就是把握生活方式的艺术。世界上卓有建树的人们，成功的理由就是按照自己形象生活的结果。

每个人的个性特征都始于幼年时期，"三岁看大，五岁看老"，这种民间流传的说法具有不可否认的可信性。当然，不同年代、不同年龄的人群个性中都会留下时代的烙印。当代人的物质条件优越了，可是诱惑也在更加挑战人们的心理定力。我心目中十分崇拜的现代女性王小慧，她曾被十分严谨、挑剔的德国人称为了"九生女人"，她是在经过了生命的剧烈撞击之后，活出了平常人九辈子才可以达到的生命质量。在她自己扎实的建筑专业背景后又专注于自己喜欢的摄影创作、电影创作、文学写作、城市规划、行为艺术……每项工作都做得非常有成就。她对物质的需求十分淡然，只要可以满足自己创作所需的费用，其余一切都随遇而安。生活中，她的形象是那种难得一见的优雅女人，甚至达到了一种别致的境界。我们认为优雅是一种和谐，非常类似于美丽，只不过美丽是天生的产物，而优雅是艺术的产物。别致的精髓是一种不经意的优雅，它比优雅更少一分刻意修饰，更多一分聪明智慧，更拥有一份独特。王小慧的衣饰永远有着她自己的风格，简单的几件别致的黑白服饰，可以搭配出适合各种场合、各种心情的独特款式来。王小慧的声音永远柔和、动听，在她轻轻的话语声里却蕴含着常人无法想象的力量和坚毅。我想，当今最最由里及外、最最现代、最最时尚形象的典范，非王小慧莫属。

大家可能都看到过这样的一段话：播种一种行为，收获一种习惯。播种一种习惯，收获一种性格。播种一种性格，收获一种命运！在现在的和谐、安定的社会中，人们的行为更加自由，可以选择的生活方式更加宽泛，由此也给人们带来更大的挑战，约束自己的定力需要更加坚强。有的人认为自己的一些行为是不经意而为的，比如高声喧哗，是在自己高兴和激动的状态下

不由自主的表现，比如着装欠雅，是在自己希望放松和舒服时下意识的选择。可是我们要意识到，许多当初的一些不经意可能已经变成为无意识的坏习惯，自己的个性已经在众多的坏习惯过程中逐步形成，而当意识到自己个性的不足之处时，想要改变的确是一件极为困难的事情，随之而来的可能是影响自己命运的后果。

古希腊哲学家亚里士多德说过：优秀是一种习惯。人们在自己的成长过程中，容易近朱则赤、近墨则黑的受生长环境的影响，父母、家人、师长、朋友和地域风格会在自己身上打上明显的生活烙印，我们的一言一行都是在日积月累的情况下养成的习惯。当我们现在懂得必须养成优秀的生活习惯，才能让自己的人生终身受益时，就要用这样的习惯去思维、去行动。在生活中"吃亏是福"，"沉默是金"等老生常谈，真正身体力行地做起来，其实很不容易。

人们很容易习惯"顺势"地做事情、说话。"顺势"是一种隐藏的坏习惯，会让人们在不知不觉的过程中，一再地重复自己的毛病，以致带来不可逆转的后果。宽容、稳重、执着、幽默是人们身上体现出来的优秀特质，能够达到这些境界的人，一定有一种开放的心态。我常常在讲座的最后和大家分享这样的一句话："100 岁等于36500 天"。这时，人们都会立刻静下来，大多数朋友的眼睛里出现了思索的神态。人的生命过程用 36500 这样简单的一个数字就可以概括，每个人都不可能长生不老，每个人从生下来其实就进入了迈向死亡的倒计时。在死亡这个大家回避的字眼上，人人平等。谁也不可能依靠手中的权力超越死亡，谁也不可能依靠丰厚的财富买断死亡，谁也不可能依靠变通的人际关系推迟死亡。我们既然不能改变自己生命的长度，我们是否可以思考如何改变我们自己的生命宽度，用活在当下的心态，用觉得今天是生命中最后的一天的想法来充实自我、丰富人生。季羡林老先生非常智慧的总结出："如果人生真的具有意义和价值的话，其意义与价值就在于对人类发展的承上启下、承前启后的责任感"。每个人在具有一定生活质量的基础上，都会理想实现自我价值的体现，不论你的能力有多大，我们都可以和这个世界分享我们的经验和教训。人们会在分享的过程中感到自信，找到生命中快乐的源泉！

选择自己的生命过程是一种丰富的人生还是精彩的人生，决定权在自己，我会

选择前者。在媒体多年的工作过程中,我看到了许多台前、幕前的鲜花掌声、荣誉功名,也看到许多台后、幕后的艰难辛苦、孤寂落寞。感悟到对事物宠辱不惊,是一种活得比较明白的人生状态。人谁也不会拥有完美,其实尽力了就意味着完美!我们要庆幸自己曾经错过,缺点是上天的一种恩惠。只有错过的人才会知道自己的不足,才可以看到发展和完善自己的空间。只要拥有这种心态,我们每天都会在高兴的追求中度过,早上醒来时都会看到一个新太阳照耀着我们。我喜欢这样的一句话;当你背对太阳站时,只能看到自己的阴影。当下的我们,其实比我们的父辈们拥有太多的幸福,知足常乐是让大家都可以开开心心做事、开开心心生活的重要心态。大家是否可以在一段安静的时间里,把自己拥有的幸福真实地写下来,把自己

儒雅、知性

认为的不幸写下来,再好好地比较一下彼此数量的多少,结果可能会让大家学会感恩地生活。

把握印象管理的艺术即是把握生活方式的艺术,生活中凸现出自己的个性风格,在现代社会中会给自己的竞争实力加分,使自己在大千世界中能够脱颖而出。依据自己的个性特质来选择着装,是现代人需要把握的生活方式之一。不论在什么场合,不论你是什么职位,只要能真实地反映自我,就会让人们认同你。当你的着装表达出你的个性特质时,人们首先注意的是你,然后才会是你的服装。当你的服装和你的个性相悖时,你自己也会感到不自信、做作和拘谨。只有你的打扮和处事完全符合自己的个性,在任何地点、场合和事由中才能够游刃有余,才能够轻松自如地面对一切。

在我们周围的朋友中,有的人个性外向,也有的人个性内向。其实所谓外向和内向,仅是把人们的个性特征做了大概的划分。再仔细观察,在外向的人里面,有着干练、利索、干脆性格的人,也有热情、明朗、豁达性格的人。在内向的人里面,有着缜密、沉稳、细致性格的人,也有温柔、含蓄、优雅性格的人。甚至有的人表面上温柔、优雅,可是处事方式却是干脆、麻利的。

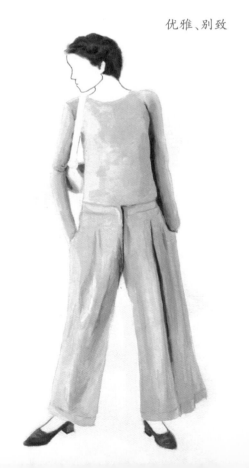

优雅、别致

优雅、别致

"千人千面"不仅指的是外在的长相,更多地是指每个人在别人心目中留下的印象。平时我们可以看到,干练的人的着装语言以简洁、利落为主,这是和他们性格密切相关的一种下意识的选择。比如在具有这种性格的职业女士身上,我们很少看到带有褶皱、蕾丝、亮片这些装饰性的衣饰,甚至发型也是方便打理的简单款式。在一些个性儒雅、知性的职业男士身上,我们也很少看到带有粗犷线条的服饰和发型。我们还注意到,一些具有优雅、别致性格的女士,在她们身上总有一些飘逸的、轻松的服饰语言。一些稳重、自信的男士身上总有一些简约、经典、大气的服饰符号。在个性洒脱、帅气的男士们身上,会让人感觉倜傥、潇洒。而个性温婉、娴熟女性的形象中,我们总可以感觉到一

洒脱、帅气

份安详与平和。

　　大家想过吗?假如着装的风格和每个人内在的个性相悖,会产生明显奇异的感觉。可以用我的经历做个例子:我的职业是造型师,每天站立工作的时间很长,工作后会下意识地把脚放在高处,以帮助血液回流。所以为了方便工作,我从来都是穿裤子上班。我的个性有点假小子似的,衣橱里几乎没有裙装,一位好友热心地为我做了一件白地褐色花朵图案的连衣裙,托人带到电视台里。我的同事们好奇地一定要我穿上给她们看看,我一不做二不休,马上换好连衣裙,一出房门,同事们顿成鸟兽状四散,笑得直不起腰来,她们实在不习惯我当时的样子。看来每个人的个性和外在形象的和谐度,是能否被别人迅速认同的重要条件之一。我们每个人对自己的个性都最为了解,不同的年龄阶段都会有一些智慧的反思。有的人平时很在乎周围的人和周围的环境对自己的看法,有时候会为了别人的看法而压抑自己的个性。其实只要每个人在遵守法律、维护社会公德、遵循职场潜规则的前提下,你的生活方式你做主。建议有这样想法的朋友,需要增强自己性格中的力量,让自己的个性得到解脱,明白个性特征并不等于逆反，它只是每个人外在和内在的综合精神状态的体现。千万不要等到生命旅途的最后关头才醒悟到这一点，把握现在大好的生命时光，好好按照自己的生活品位去塑造更鲜明、更和谐的性格特征，那时你会感觉到快乐永远和你相随！

回顾这本书前面的两个部分，我与大家在"形"和"色"的诸多方面分享了一些常识，希望通过对这些知识的了解，帮助大家在遵循印象管理的潜规则方面做得更加出色。印象管理，是指个人对自己要在社交过程中，留给他人的形象和印象加以控制的所有战略技巧。真正

洒脱、帅气　　　　温婉、娴熟　　　　温婉、娴熟

要达到现代文明社会所需要的高度，不仅只是在人的外表做文章，更重要的是在内心里认同：生活中必须站在别人的角度上进行思考，才能够有说服力、自然而然，而且精准地通过有声或无声的行为，塑造自己渴望的形象。

稳重、自信

稳重、自信

编辑后记
生命的一种舒适状态

    认识徐晶老师应该比较久了。还是在 1998 年,一次对全国美容美发化妆造型大赛的采访活动中,与大赛评委之一的徐晶有了一面之缘。新闻发布会上,众多的记者中我是最后一个抢到话筒的提问者,所幸的是也许因此而给徐晶老师留下了较为深刻的印象。

    接下来的一年多里,我邀请徐晶老师在我供职的杂志上开设了一个专栏,我主持,她担任特邀嘉宾,专门讨论美容、化妆、穿衣打扮、身心修养等诸多关于女性形象和魅力的话题,我也因此每个月都有机会与工作异常忙碌的她见上一面。有时是在中央电视台她那个没有窗户却有许多名人出没的工作间里忙里偷闲,有时是在某处幽静的茶室小坐片刻,偶尔也会在某个好吃又不贵的餐馆里小搓一顿。我们一起讨论每一期的主题,然后她口述我记录,再整理成文字发表在杂志上。那个专栏受到了读者的热烈追捧,几乎每天我都会接到读者打来的电话或收到来信,询问如何才能跟随徐晶老师学习化妆;杂志社举行的一次读者俱乐部活动,因请到了徐晶老师来现场演讲,来自各地的杂志读者和美容行业的专业人士使作为活动场所的某电影院座无虚席,而演讲结束后蜂拥而至请求签名、合影的人流,更是让作为活动组织者之一的我紧张出了一身冷汗。那时节,在中国的美容美发化妆造型领域,徐晶的声望一时无俩。

然而,她本人却是一个极低调的人。试着将多年来脑海中有关她的印象的诸多细节逐一聚合,除了她的热情、她的坦率、她的眼光犀利、她的手技高超,她那种低伏的人生姿态和谦逊的处世方式,使她整个人都具有了一种别样的气韵。而她的职业、她的事业、她的生活、她的……所有的一切,似乎都有机地整合在一起,呈现出一种她希望拥有的舒适的状态。

也于是,就有了这本《现代职场形象设计》:当我重回图书出版领域,恳请徐晶老师将多年来在现代职场形象设计方面的丰富积累和受邀在全国各企事业机构演讲的精华内容撰写成书时,她没有犹豫太久就答应了我,并经过大半年时间在繁忙工作之余的紧张写作,以这种图文并茂、通俗易懂、"白描"式的形式呈现在读者面前。我深以为这不仅仅是一本系统、全面的现代职场的形象教科书,更是对徐晶老师一直努力实践着的"舒适的生命状态"的充分表达。从基础的"形",到个性的"色",到精神层面的"韵",所有外在的"形象设计",何尝不是"内在修为"的合理呈现呢?

谢谢徐晶。

符红霞

2006 年 12 月

第三个家庭作业

请朋友们依据自己的职场定位、个性定位、外形条件定位、事由定位，填上服饰颜色。请依据自己衣橱里的主要服装颜色，(以上衣颜色为主)，看看在定位确定的前提下，这套服饰颜色适合做同类色配色、对比色配色、互补色配色、无彩色配色还是清浊色配色、清暗色配色、浊暗色配色，是否有一些图案，在服饰的哪个部分出现？锻炼锻炼大家的配色感觉。

祝你成功！祝你快乐！

图书在版编目(CIP)数据

现代职场形象设计／徐晶编著. —北京：中信出版社，2007.1

ISBN 978-7-5086-0787-0

Ⅰ.现... Ⅱ.徐... Ⅲ.个人－形象－设计 Ⅳ.B834.3

中国版本图书馆 CIP 数据核字（2006）第154614号

现代职场形象设计
XIANDAI ZHICHANG XINGXIANG SHEJI

著　　者：徐　晶

责任编辑：符红霞　张　芳

装帧设计：印象·迪赛设计

出 版 者：中信出版社(北京市朝阳区东外大街亮马河南路14号塔园外交办公大楼　邮编 100600)

经 销 者：中信联合发行有限责任公司

承 印 者：北京国彩印刷有限公司

开　　本：965mm×1270mm　　1/24　　印 张：9　　字 数：161千字

版　　次：2007年1月第1版　　印 次：2007年1月第1次印刷

书　　号：ISBN 978-7-5086-0787-0/G·206

定　　价：45.00元